著 者 近 影

奈良の澤き

わらふ庭にあり

而子

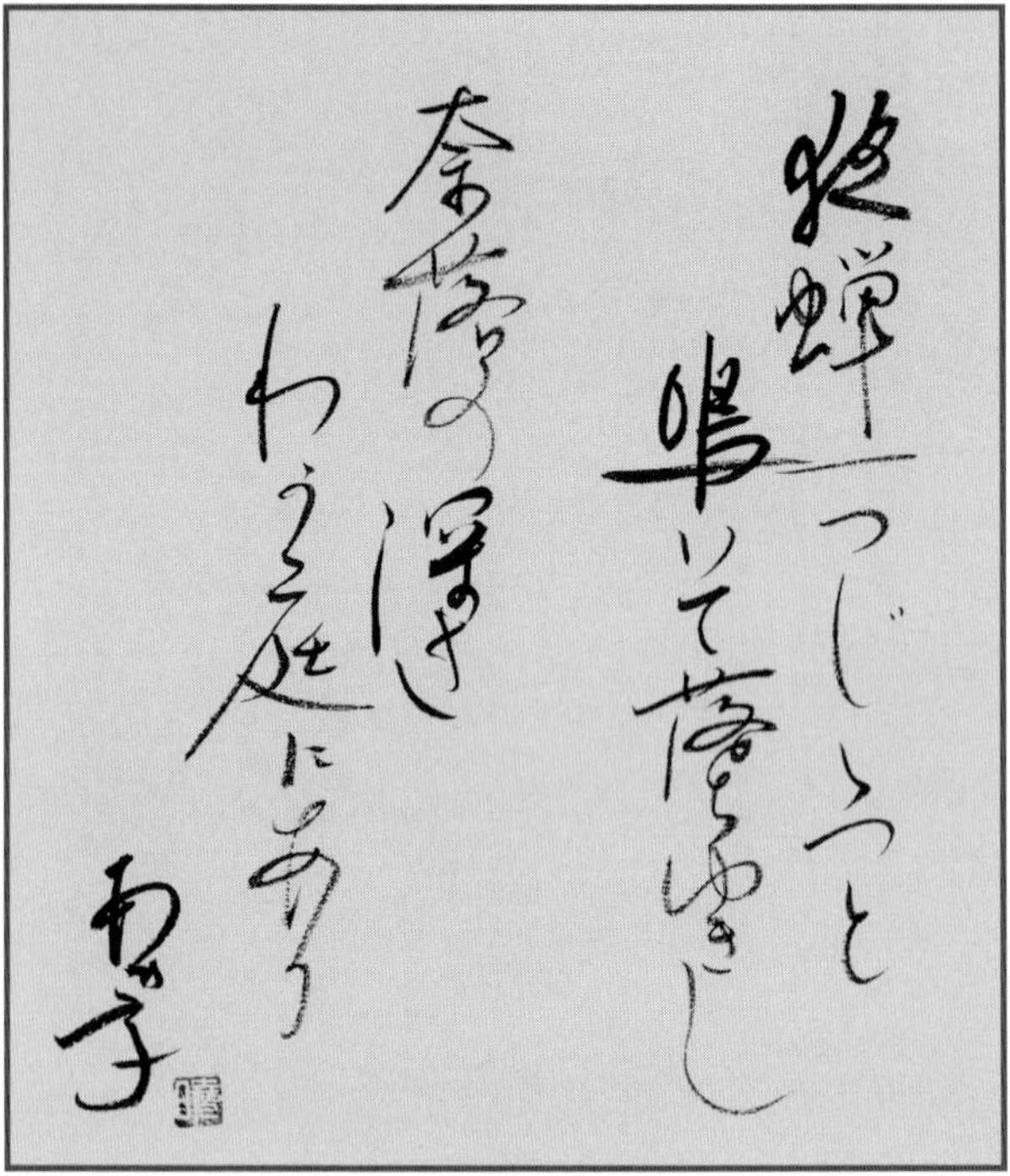

著者筆蹟

短歌研究文庫

—— 21 ——

続 馬場あき子歌集

馬場あき子著

短歌研究社

続 馬場あき子歌集 目次

雪木 抄 一二八首

月華の節 抄 一八六首

南　島　抄　一七八首

世紀抄　一八八首

雪《せつ》木《ぼく》抄

一二八首

冬の庭にて

柿多き柿生《かきお》の夕陽映《は》え映えと赤光《あかて》りの鵙《もず》高枝に置く
赤光りの鵙柿山にただ一つ全身燃えて敗れ来しなり
大はは《ママ》が木練《こねり》の柿と惜しみたる赤光りの柿か霜にも落ちず
冬濤も恋《こほ》しけれども盛んなる霜みれば身のさびしく緊る
羚羊《かましし》の老翁《をぢ》とよばれし古代びと横切《よぎ》るとみえて父に落葉す
恋しき火焚けよ焚けよと菊の香や滅びもやらぬもの刈りてをり
萩寝かせ菊寝かせたる冬の地《つち》忘却はきよきことにあらぬや
菊枯れて日本海に雪降るをさらし鯨の酢のさびしけれ
空をゆく声あり大き柏葉の死なむとばかり飛び狂ひゆく

霜の音

葱うめて土くろぐろと盛りゐたりこの冬の地《つち》去ることあらず

葱の束背後に埋めて日常といふ安らぎに冬は深まる
大地より木は木人間は人間の水せつせつと汲み上げて冬
立ち直り澄みたる独楽の一心の倒るるまでのかなしみ見つむ
進歩といふ歩みの中に滅ししくらし静かに力ある甕
杉の根にひびきて寒き夕焚火生きのこりたる一人のごとし
冬畑に葉を巻くものら連りて清き朝かげをさびしませける
夜をこめて霜降る音もせずなりぬ痩せつつ山もほろびに向ふ
冬霧の彼方ほのかに土の香す土を匂はす水さびしけれ
梅は梅杏は杏われの手も少しかがやき冬の陽のなか
かまど神碧きまなこは瞠けどみちのくに火の文化滅びたり

偲び雪　――真壁仁哀悼

きみが生涯《ひとよ》の夢折々に思ふとも見ゆ凄絶の雪竜巻は

真壁仁低くさびしく物言へば激しく吹雪《ふ》くと見ゆれ蔵王は

激しからねどしづかに君はたのもしくつひに極北を見る眼もて死ぬ

いづ方を空とも地とも思ほえぬ吹雪《ふき》の青猪と君を歎かむ

真壁さんもう黒川でお会ひすることもなくこころ永遠《とは》に雪降る

桃　——従弟の死に

厚らかにまた雪を負ふ木となりて椿は立てり夕べを過ぎて

喪の厨人いきいきと見ゆることいはで静かに深き息する

死者の顔しばしばも人見に立てり世になき人と明日はよぶべし

きみが駅長たりし駅々小さくて灯点すけんめいの生終りたり

みほとけかあらず寂しき冬の死者うすき眼《まなこ》に少し吾を見る

つぶりかね少し見てゐる死者の眼の見残したりしこの世寒しも

ああ一生雪まみれなる渾身の気力さびしくここに死にたる

夜に入りて音しもなきは大雪のふるさとを埋めて来たるなりけり
雪の柩の青白き母雪の日のわれの鏡に甦りゐる
死してのち死者老ゆるとぞ雪の夜の鏡ひらけば亡母少し老ゆ
夜をこめて大雪ひしと降りみちぬ何の恨みか晴らししごとく
亡骸はまだやはらかき肉もちて魂よりも人かなします
あやまちて鬼となりゐきおぼろ夜のことなれば人とがめ給ふな
多摩川に貴種流離譚あらざれど古き一木《ひとき》の桃咲きかへる
伝十郎といふ桃ありき多摩川の桃衰へてゆくへしらずも
桃太郎流れてこよとうたひをりし老爺も童女負ひて去りたり
伊邪那岐の投げたる桃の種一つわが坪庭の春に会ひをり

水ぎは

ぴしと鳴る林檎の中の雪の水全東北は雪ぞと思ふ

上下線ともに雪にはかなはざる電車かすかにをかしく嬉し
水仙は咲くやさやさや人ぎらひ微熱しづかに上るを愛す
身を爆ぜて咲かば咲きなむ乙女子のしろじろと群れて見るチューリップ
水ぎははいかなるものぞ小次郎も武蔵にやぶれたりし水ぎは

遅　春

笛の孔のがれて来たる笛の音のきみかと思ふ低き声する
母狩山山梨の花咲く頃をきみが笛きく祭りにゆかむ
真照寺春の不動の激情のまなこ青ざめ咲く水芭蕉
春深き扉《ひ》は閉ざされてみちのくの古四王堂にほとけ居たまふ

青　夏

大輪を掲ぐる薔薇の太茎の醜々《しこしこ》しくて影も動かず
ばらくれなゐむりりと開きゐたるかな水無月青の空押し上げて

みな月を出羽桜桃はかがやきて夏のちからの空に生《あ》れそむ
粽《ちまき》せよ水無月の香のくらきことさはやかのことかなしみに似る

秋 天

碧天の秋の榠樝の醜《しこ》の実のさびしさ嗅げば思ひがけなし
ばうばうと鬼の齢となりしもの萩を好みてあかときを居り
唐辛子深きくれなゐをあらはせり一畑にくるしぐれは暗し
尾を下げて歩みをるものさやさやと一つは秋の草にかくれぬ
咲き出でてその白きことといふべくもなき老萩に夕迫りをり
秋の庭異形となりしもの多し大むかですみやかに畳に上る
枯色の蟷螂は庭に立ちしまま午後の秋陽を吸ひ尽したり
人間のくらしの上に夜をこめて降りし霜さへ衰へゆけり
葱畑の葱のみどりを力とすいよいよ深き冬に入るべく

小春日もすぎて白菊翁丸しんからさびしさうに咲きたり
極月の水にしづめる青砥石引上げて砥ぐ霜の柳刃
あといくつ寝てもさめても何も来ぬ齢に淡しちちははの雪

針の穴

おどろきて見つつ勇気を覚えたる昔の冬のさかんなる霜
楊貴妃の長き序之舞をはるまで思ふ青春の中なる戦後
針の穴一つ通してきさらぎの梅咲く空にぬけてゆかまし
ツレとして橋を去りゆく小面の悲劇負はねば安らけき背な

冬　火

父言はぬふるさとのことかなしします冬のしぐれか森に来てゐる
ライターを男は愛す女にて冬の夜霧をいかにか愛さむ
嘘まじる酒たのしかる秋の夜の友情もなき己れうれしも

あられ降る暗ら道帰る人の死をいくたびか見て年深みたり

井筒

われの舞ふ井筒の女おもはずも灯にかがよひて年たけてをり

むかし女あはれに若くなやみたり井筒静かに舞ふ力はや

むかし男みよとぞひらく白梅のさびしき色にわれはありける

いつの日ぞいつにかあらむしろたへの生《よ》のかなしみに梅咲きてゐし

冬の骨

北越雪譜の雪の暗さに到るまで上越新幹線走りつづけよ

冬海のたけりて泣ける彼方まで特急はわれを急がしめたり

宇宙なに飛ぶとも今日を埋づめ去る雪より強きもの北になし

降る雪の狂ふをみつつよろこべる心つくづくさびしかりしか

惜春

花の枝に鳩おもたげに止まりゐて春はかすかに常ならぬなり

梅ちりしのちの光の金魚草幼きものの手が撫でてゐる
かの世阿弥あきらめきれず老いゆきし春の小さきつぼすみれはも
花伝書の幾たびをまた読み終へてつひに春逝く草木かなしも

向日葵の種子

向日葵の種子の香の息かすかなる西安の鸚鵡肩に置かまし
西安の路上に淡く味はひし人民の食《じき》椀の香のせり
街衢曲れば窓しみじみと歪みたる西安民屋に夜は満ちてゐつ
売られたる鶏は水見てゐたるかな二丁艫《ろ》に漕ぐ蘇州運河に
えご咲けり一切後悔せずといふ若き元気も遠くかへり来
夏さやと来てゐる土に這ひ出でて若きみみずらつやめきをれり
平泉の滅びを泣きし芭蕉より西行はややリアルに居りき
悪路王の窟《いはや》しんしん風みちて迷ひ螢の落つる草むら

達谷に萱草の花咲き乱れつひに阿弖流為《あてるゐ》の復権はなし

頼朝の秋

晩夏、伊豆長岡に泊り、頼朝の流謫地蛭ケ小島を散策、韮山峠を経て石橋山に出た。

Ⅰ　蛭ケ小島――

頼朝は二十年もここに住んだ。いまも、現代の頼朝は畑を作っている。頼朝をどう思いますか。

宥められたる頼朝一人畑打ちて蛭ケ小島に夏は闌けゆく

眦を細くはるけく物は見きいぶせき中央ときみは言ひしか

頼朝はどこにもをりてひたすらに蹶起せざれば木を植ゑてゐる

頼朝を心に飼ひて頼朝とならざりし者に稲は熟れたり

東《あづま》に生きて柿若葉美しと思ひたり誰か直情を不徳と言ひし

頼朝を問はむと佇てば稲稔る蛭ケ小島にあきつ生れをり

東男に徹せむとして食らひたる頼朝の柿伊豆を彩る

II　萩の咲く宿——昔と今の、頼朝をめぐる女たちの歌。

物思へば一身闇となりゆくをおどろの萩はいかにか咲かむ
月出でて尾花明るく萩暗し一生といふ時間おもへば
男らの拙き欲を風は歎き黍畑の黍秋に入るべし
ひと一人愛するのみの時間にてをみなの長き一生の闇
一心のかたち美しきものと呼び雁渡るとき母涙ぐむ
戦はで人生ありと思はざる男子《をのこご》を生みし母ら稲刈る
つづれさせ——、あなしみじみと鳴く夜のいくさ好みの男《をのこ》らの酒
男らはうたげせりけり愛少し衰へて風涼しき秋を
あやふやなものと思へど女男《めを》なれば相並みて落つる二つの眠り
淋しきとき死者は人の名呼ぶらしも秋風のごとききてをりとも
村に闇濃ゆければ死者ら安らぎて夕顔の花となりて咲きをる

III　石橋山——頼朝はねじり畑と呼ばれた中腹に陣し、ひたすら三浦勢の援軍を待ったが、大暴風雨の中の合戦に佐奈田与一以下を討死させ惨敗、敗走した。

涙もろき頼朝が居て吾妻鏡の伊豆は男の情に澄みたり

石橋山に与一塚あり頼朝の第一の死者安らぎをるや

石橋山に喘息の神となりをりき佐奈田与一の死後もかなしき

IV　似せ絵考——藤原隆信は肖像画の大家、その「頼朝像」はあまりにも有名だ。この好色の才人、第一級の文化人の眼は優しく、「頼朝なら知っているとも」と言う。

隆信はしばし見て秋霜烈日の白皙の人の面《おもて》とらへき

新しき思想のごとく涼やかに強装束《こはしやうぞく》の頼朝座せり

頼朝はまじめに座せり絵師の前半生を告白するごとくして

大き時代推し移りたるのちの貌《かほ》頼朝はせり隆信は見つ

絵師の視線鋭く避けし頼朝の繊鋭を侮りたりし隆信

似せ絵よきかのまめ男ほほゑみて涼しき美男の頼朝描けり

頼朝は頼朝像をよしとせり眉目母似の京男なり

頼朝を描きたるのちの隆信に静かに老は来たるならずや

頼朝のひげ藻の光してゐたり未知の力の一つと思へ

柿吸へば吾れは何して老いぬらむただひいやりと秋の喉ある

柿一つあな静かなる秋の灯に物思ふごと食べ終へにけり

月華《げつくわ》の節《せつ》

抄　一八六首

柳

下野《しもつけ》の芦野の柳若柳むかし知らねばさはやかに散る
遊行ゆきし中世の秋そののちを芭蕉立ち去り柳残れる
老いて身に朽ちゆかぬ情かなしけれ柳となりてしばしあれかし
人間になりたがりゐる老い柳風のみ渡る繁りさびしも
きかれたき身の上一つもつゆゑに朽木の柳死なでありしよ
遊行上人ゆくをとどめし老い柳の死ねざる情念の嵩おもふなり
知らぬこと知られざること問はぬこと身に重ければ柳立つのみ
つよくさびしく生き遂げさせよ老柳の一念のこと称名に似る

秋風帖

――昭和六十年九月十一日、羽沢ガーデンに於いて
趙名人に小林十段挑戦す。縁あつて名人戦を観る

青畳雅子絵の屏風立ちゐたりいまだ人なき対局の部屋

打つとなき音やはらかし沈黙の諧調ありて布石花やぐ

名人はうら若ければ紅の頰してゐたり長考の間を

榧《かや》の肌ほのか匂ひて榧山の魑魅《すだま》来てをり碁打つほとりに

昭和世紀苦しみ長く生きたるを観れば名人戦といふも苦しき

あなにやし軍《いくさ》は花の乱れ碁と誰かは言ひし若きこころに

囲碁盤上未来記のごとみてありし趙名人の歎息《なげき》きこゆる

仮想敵国韃靼をゆく国姓爺《こくせんや》の棋譜の末なる今日の危ふさ

間髪を入れず受けたる一石の礫なるかも棋譜を狂はす

名人は白き石置きて立たむとす紅潮しゐたる心しらずも

苦しみをまざまざとみてゐたるのみ彼方勝たむとしをる盤上

苦しみはふれ得ぬものをまして観る中盤戦の精神深し

辛勝も奇勝も勝ちといふ思想あな若けれどかすかに妬む

封じ手の眠る一夜をしみじみと銀河傾き秋深むなり
碁檀越《ごのだんをち》碁に旅寝せし万葉の星月夜恋し碁打ちて恋し
入道雲湧けりザリガニのろのろとされど生き残りゐよ多摩川に
ほけほけとねむは思ふやねむたきや老いびとにただ昔あること
ちりひぢのごとき思ひに身を染めて目高はゐたりガラスの鉢に
龍胆や那須の高はら霧くらし花火果てなば一斉の秋
心地よく肥えてみどり児笑ひをり今朝夏深き朝顔は瑠璃

くらしの秋

生きてゐるかの手ざはりに身ぶるひし奈落の川の大うなぎはも
母も惚けぬいまは真紅の怒りもて立つ唐辛子切りたふすべし
渾身の明るさに立つ大銀杏秋陽は澄みてなすすべもなし
我れがゐて銀杏が立ちてそのほかはみとめたくなきまでに秋澄む

黄葉も落ちつくしたり羽衣なき天女のごとく吾は佇む
衰へてからすうりたるさびしさよ陽に浮きてをりしばし夕べは
羽衣の天女うたへり疑ひは人間にありて冬深むらむ
鷺はゐて冠毛かすかよごるるか老いづくごとく野を歩み去る
全落葉はてて大地に盛り上がる白菜畠陽はきよらけし
青椿つぼみ隠《こも》らふ八十葉《やそは》むら浄《きよ》らに冬の沈黙深し
冬陽濃き照葉の椿かげゆれて幾重の暗き葉むらあらはす

恃む

ほの暗く冬の夜の手疲れをりしづかに恃みわれと哀れむ
柚子もぎてゆきし人あり冬の夜の道を匂ひてゆきしを思ふ
水禽の陸《をか》に上りて歩むこと拙きゆゑにみづみづとせり
宵の灯に買はずみてゐる羽子板のかすかに欲しやかの鏡獅子

生《な》り年の柚子の夕日の明るけれずつしりと冬愛のごとしも

木枯

冬闇に溶けてすずかけ立ち並ぶ一木《ひとき》一木《ひとき》の寒さ抱きて

ロマネスクもう望むべくなきことの一つにてまつしろき冬薔薇《ふゆさうび》

集会の灯も消えたればふりむかずたちまちひとりひとりの寒さ

木枯は多摩十方の枯丘を吹きて知る人なくなるごとし

融通無碍のさびしき怒り吹き荒れて多摩北稜に木枯はゐる

いかに思へどいかにもならぬこと幾つ人生として冬深むなり

遠く見て明るかりにし枯山の夜の音する苦しきごとし

木枯に澄みて夕べを散り残る山茶花も夜に入りて散るべし

病みあつき母を見にくるものもなき冬の入口ひとり出で入る

鶺鴒はいちご畠に遊びをり我れに病む母ひとりありとも

隠《こも》れば春

霰たばしるもののふの肩おもふだに那須の篠原人孤独にす
幼き歯アーモンド嚙み砕きたり籠りてやさし春の夜の音
春の埃すこしかがやき寺々の秘仏ほのかにほほゑむならむ
洗ひたる手のしづかなる感触を春ぞと思ふ陽ざしこぼるる
身に久に湧くこともなき鷹の井戸ありて藍濃き星月夜なり
大寒の水が立春の水となるかのあはひにて鳴き澄むや鳥
人間に春の水かさ統《す》べられて川あり白鷺も水をかなしむ
遊ぶ子の遊ぶ声より春となりおぼろの清水湧くかと思ふ

種の瞑想

ギリシアのクレタの薔薇《さうび》いまに咲く種の瞑想の時間のごとく
幾重ねばらはほぐれて秘することと保ちがたくも春はたけゆく

ギリシアの古詩に雨降るしづけさにばら園にほふさくらののちを
老いぬれば魂《たま》やみて臥す母の目のさくらを見ればほのかに泣けり
今年また一羽のみ来て春鶫《つぐみ》あんずの花の散るを相見る
ほのかにも老いといふもの来てゐたる春昼にしてかげろふはたつ

熊野へ

東京を熊野へ向けて発つ船のしづかに白し波止の夕潮
夕がすむ頃なりけるが乗らむとす白き巨船の春疲れはも
春冷えの洋上にビール飲む時の花なく人なきおぼろ月夜よ
一夜寝て海より上がれば熊野にて桜にまじる楠の明るさ
きらきらと水呑王子水呑みて出立す春寒き風の古道
籠に編む小しだ大しだ薄き陽に痩せ痩せ伸びて寒がりゐたり
遠ふぶきみゆる果無《はてなし》山脈に暴れ羚羊棲むもうれしや

羊　歯

羊歯は思ひ羊歯は噴き上げいきほへど熊野逃れてゆくにもあらず
おそろしき力もて広がりゐし緑かれをいふなり熊わらび・雄しだ
びろびろと力ある緑暗しとも気味わるしとも雨に広がる
霧湧きて杉はかそけき朝山に羊歯ら暗みて群がりをれり
足もとの小さき湿地に力得て百年の世を見たる木賊ら
青きもの暗しと思ふ暗けれど羊歯にまじりて萌ゆるいぬしだ
荒梅雨の熊野の真杉ひたすらに立ちをるのみの強さあらはる
み熊野に雷渡りゆくま暗がり羊歯はかすかに鳴りてよろこぶ
こけしのぶ・ひかげのかづら・はなわらびしづかに光れ行き倒れ塚
世のことも言はばいふべき齢きて夏の熊野の雨を見てゐる
雨やみて熊野涼しき夕晴れになほ人生のことはなつかし

いかにせんいかにかせまし羊歯山の羊歯やはらかに吾れをつつめる
おほやしま羊歯におほはれゐし日日のをろちの輩《とも》らかそけくて生く
熊野羊歯全山青く発光しわが悔い深き生みにくくす
羊歯や羊歯誰か裏切らざりしとふ雨後涼しくて月出でにけり
五十代――、男おのおのたのもしく苦《にが》くさびしく事企てよ
はるかにて詩のごとき野望美しも熊野に愛す九鬼水軍も
春のこごみ伸びて乙女の胸かくす青き群落を行きし忘れず
紀の国の大たにわたりとふ葉広《はびろ》羊歯雨ばしばしと降るにぞありける
植物は力尽して繁るのみ青くほのけく翳冷ゆるまで
夏となる植物の力熱きかな生絹《すずし》の衣は素肌もて着む
若王子《にゃくわうじ》の膚《はだへ》夏来るさびしさにしめりて青し苔むせるなり
恋ひ恋ひて何か仏になりたまふ羊歯はあとなき風にそよげど

つひに花咲く

葉ごもりに石榴は咲きてつゆの雨しづかに物を思はせてゐつ
暗きもの身はそれぞれにもつものを石榴はしげりつひに花咲く
情熱は言葉ならねどさびしさに言葉なすかな人と出会ひて
鬱憂と葉広きものらしげりあふ世にてしづけき雨は降り出づ
ほのかなるものなればふとゆすらうめ色づくごとく告げなば告げむ

まつしろき入道雲よ

はやく昔になれよと心かなしみし昔の香もて梔子は咲く
雲の峰まさしく戦後遠けれど母惚けて空襲の日のみ記憶す
まつしろき入道雲よわが生きし戦後虚しきごときかがやき
ただ立つてゐるほかなき時あるものをわれの夕立好みさびしや
かまきりは翅はなやかに広げしが思ひとまれり熱き地にゐて

きらひなる思ひかずかずに結ぶ玉射干玉《ぬばたま》に秋の光《かげ》静かなり

悔いは誰しも

つくつくほふし悔いは誰しもかなしきを紅毛ゆれてもろこし実る
日日きざむ夏葱に夢ありしこと知る葱坊主あはあはとして
さるすべり散りて小さき蟬の穴ほのかに翳り秋風となる
しそ畑ぼろぼろに喰ひつくしたる小さき虫も今日秋の風

出羽のかみ山

つひにわがつくりし家庭といふものなし出羽にうろこ雲みつつ飽かなく
羽黒山ほの三日月もゆつさりと芒にかくれゆく秋は来ぬ
庄内の古き繭屋の秋の風これより六十里越の芒穂
たましひはなやましきなり秋の風むかし風狂は韻律高し
ほの白くぶなの幹幹濡れわたるぶな峠みゆ寝《いね》ぎはの霧

月代を見むとし立てば

――昭和六十一年、秋十月二日喜多実先生逝く

月代を見むとし立てば膝さむし露しんしんと萩も倒れぬ
君が舞型かそけくわれに残りゐて君しのぶときかくて舞ふなり
たちまちに遠きことなり身に残る舞を教へし人いまはなく
乙女にて君を思ひきをとめにてみさをのごとく舞に糺しき
夕露もあかときつゆも静かにてこの秋深く世の動きゆく
取りてしのぶくれなゐふかき落葉らの明るむや虫喰ひだらけの記憶
柚子みのり南天みのる明るさに声透る庭われ少し老ゆ
微笑仏彫りて賜ひし秋の庭つゆびつしりと今日より深し

近代の香り

洋梨の湿潤の国に育たざる香り惜しめど食み尽したり

洋梨は誰にもやらじおほちちが憧れし近代の香ぞしみとほる
洋梨はつひに養ひがたかるをおほちちら無念とせりきみちのくに
サンド・ペア無愛なる貌世《かほ》にもちてしみじみ秋の夜を冷えてゐる
その名思ふ岩手山梨さくら麻の苧生《をふ》の浦梨恋ほしめど見ず
川崎に住みて恋しき赤梨の長十郎も世にすたれたり
洋梨の香のただよひて秋深き夜のくだちを切ればしたたる

されどなほ

秋枯るるわが庭に居りし青蛇を追ひて崖より落したるなり
あはれなるやうにて強からぬ女うた悪名を負へるのちをかがよふ
集まりてわつと飲む酒いつの日のもみぢの色のやうなさびしさ
秋さびて霧なかにしもあるらむか昔みたりし磐之姫陵
洋梨も榠樝も醜《しこ》の男の子ぞと香り深きをかなしみをれり

晩年の怒りのごとき唐辛子地に刈りて冬昂りもせず
石榴裂けてのち霜までの一ケ月つぶさによごれゆきしくれなゐ
吊るされて冬に入るものにんにくやもろこしに長く蝿やすらへり

有馬の湯

石榴はもくれなゐの酸すみとほり秋の光に砕けてゐたり
有馬山散りはてにける紅葉ばをはるばると来て踏めりほのかに
太閤は痩せて小さく有馬山の温湯に浸《ひた》り何思ひけむ
催馬楽や力なき蝦《かへる》あやしくも吾れを笑へり老ゆるなげきを

林　檎

ほの青き空のみちのく陽足らひてデリシャスは静かに蜜をたくはふ
出羽《いでは》路に紅玉《こうぎよく》はなほ鮮烈に酸をたもてり深き青空
すきとほる林檎の蜜を嚙む夜半の出羽つくづく寒くあるらむ

禁断の木の実入り来し近代の東北の飢ゑ知る人ぞ知る

戦争に敗れし秋を実りたるかの紅玉の酸ゆきかがやき

ウイリアム・テルの息子にわがなりし直立の記憶頭上の林檎

戦中を林檎放恣に生きをりき実り少なくのびのびとして

青林檎みのらざる香のさびしさを売れりその名を〈祝《いはひ》〉といふも

くだものはほのかにわれをよろこばせ秋の静けさ深まりゆくも

三十七度以北の寒さよろこびて林檎花咲くふるさとのこと

冬のひかり

手いつぱい何を抱ふる秋ぞとは問はれさびしむちちははのこと

昼月は淡くしづかに人間はたあいなし小さき物得て笑ふ

宮柊二死にて今朝なき冬曇茫とし暗き蜆みてゐつ

いつしらに枇杷の花咲き生けりとも知らざりし虫冬の陽にとぶ

親もちて年とるわれを祝ぎくれし人と別れてのちの木枯

青玉の蕾満身によそほひて椿は立てり冬の光に

おぼおぼとわれ

あたたかき冬の月夜の枇杷の花おぼおぼとわれこだはらざれよ

年来《く》とも逝くとも切なきものもなし子なき非情と誰か言ひけむ

切山椒たまへ昔の香に似たる薄き甘味は母のさびしさ

住む山の間《あひ》の陽だまり折々に雪こぼれ来て年寄れといふ

シクラメンま冬咲きたつ百鉢のまくれなゐなる非凡平凡

鬼剣舞見し日のこともはるかにてかく冬靄は深し母病む

煩悩は老耄深き母の上葱畑ゆけば霜に乱るる

大霜の今朝の山茶花食む鵯のひたすらにしてしばしは鳴かず

すすき野の冬のさびしさあたたかさ音なく人なく年新たなり

夕冴えてあすは大霜ひと抱への葱埋めて冬の心もたまし

直情のごとき葱の香きまじめに生き来し寒さ思へ静かに

出羽黒川

ぐんにやりと寒鱈は雪によこたはり祭り前夜の吹雪見てをり

天につづく日本海の暗黒の凍らむとしてふぶく激しも

鱏《えひ》といふ暗き褐色の身を食めば激情のごとき雪虚《そら》にみつ

ふぶく夜のつめたき鱏の煮凝りをせせりてからき地酒なりける

祭りとは酒飲むことぞ暗黒の雪天を嘆くひとりとてなし

節分の暗さを打てる豆の数かこちきれざる戦後の蹉跌

山椒の実のくれなゐを潰す夜はくらくら雪もまんじどもゑぞ

腹裂けば虹たつごとし寒鱈の臓腑はよよと流れ出でたり

神職ら宮上りせしあとの雪道もなしただ霏霏と静けく

甘酢ゆき出羽の赤蕪雪の夜の酔ひはをとめのごとく身にしむ
大氷柱《つらら》下げて家家晴れ上がる白き一村の笛鼓《ふえつづみ》はも
母狩山《ほかりやま》名の伝承もなくなりて瑠璃の山襞きよく佇む
王祇祭雪のあけぼのいくたびか澄みきはまりて見し母狩山
いづこより湧くや雪靄ほのぼのとうつつ忘るるばかり濃くなる

南《なん》島《たう》抄　一七八首

南島

噴き上げてデイゴの朱《あけ》に咲くちからああ太陽の息の太さに
石垣島万花艶《にほ》ひて内くらきやまとごころはかすかに狂ふ
人頭税忘れねばこそハイビスカスの百花の華麗虚妄のごとし
ハイビスカス一つちぎりて二夜秘む祈りもたねどああ琉球弧
琉球処分ここにして聞く沖縄にやまとを聞けば恥多きなり
海みれば彼方に島見ゆ波照間《はてるま》とよべばいもうとのごとくなつかし
八重山悲歌俗調濃きは身にしみて夜は暗しまして夜の海はなほ
植物の暗き命の源にひるぎは群れて気根を垂らす
鬱蒼たるまんぐろーぶは人よりも力あり暗くいのち涼しく
英雄のごとく聳ゆる西表《いりおもて》のさきしますはう見んと勢ふ
さきしますはう巨根屏風のごとく立て人知のごときをかすかに笑ふ

水牛は強きゆゑ車曳くなれと哀しめど乗りて海瀬《うなせ》を渡る

観光の水牛の後《しり》に吾を乗せし老爺の戦後問はず思はむ

日録・卯月清閑

四月一日（水）　谷川健一氏と南島を巡り昨夜帰る。今日朝日歌壇選歌。

沖縄より帰り来たれば桜五分あかるみをれりまほろばのごと

四月二日（木）　前川佐美雄小論に終日。外は桜、桜。

満開の花のちからに押されゐて大悲のわらひほのかきくべし

四月四日（土）　今年は桜が散るのが早い。

ああ桜ちるよ散るよと惜しむらく青春も過ぎ壮春も過ぐ

四月五日（日）　三枝昂之・小高賢両氏と花見。

たのみあるつはものばらかあらざるか桜散る夜の雑談《ざうだん》の酒

四月六日（月）　県立柿生西高校始業式らし。

その校歌作りし県立高校のだぶだぶ風俗みればかなしも

四月九日（木）　朝日カルチャー教室始業。

一クラス百花百人群れゐたりをみなとはああ群るる美し

四月十二日（日）　柿生小学校体育館で地方統一選挙。

投票所にゆきて人の名かくときの秘めやかなればかすかに笑ふ

四月十三日（月）　高校生が今日も群れてゆく。

若きこと誇らかにして声高しああ桜散るしづけき昼を

四月十四日（火）　少し疲れて憂鬱な日。

闌けてゆく春の速度のやみがたし今日ほつそりとくちなはも生る

四月十六日（木）　友枝昭世の能「朝長」をみる。

朝長《ともなが》の能はてて春冷えの夜なりけり生きたく若く死にし戦《いくさ》よ

四月十七日（金）　またあの夢を見てしまふ。

光のなかをりをり自在に乗つてゐる自転車の夢人には言はず

四月十九日（日）　歌会のあと皆と飲む。新人のことに話題が及ぶ。

若き歌まこと妖しくかがやくをぷつつんなりと誰かささやく

四月二十日（月）　病院に老母を訪ふ。

つばな野も三味線唄も野馬追《のまおひ》も記憶一切消えて泣く母

四月二十一日（火）　ふと呟かれぬ。

男らに先人先師先輩のありて頼もしまた鬱陶し

苦しきとき己れにかちし大き名を男は先輩のごとあまたもつ

長　夜

命なほ熱しと思へど星一つ流れて我の長夜濃くなる

丹波栗大き実照りの豊かなる古国に還り坐さむかははよ

虚栗《みなしぐり》いが栗落ち栗ははの世の恋しき秋の山坂に来つ

浄玻璃の鏡に写り燃えてゐるもみぢの色のこころ罪せよ
トラ猫の子をあづかりて乳をやる秋の夜冷えのさびしからずや
わが庭に馬酔木南天それぞれの毒もちて秋の空深くなる

秋庭

くろがねもち父の手は撫づ老いたれば物いふとなし大き手に撫づ
ぼくぼくと朴の木叩き何をかも戻せよとしも言ふらむ父よ
かげ深き老のはらわたたたなはる命生きつつ父が刈る萩
かの馬酔木蕾持てれば秋の日の暗き茂りのひしひしとせる
人間は本来不義理いつよりか不義理恥ぢざる庭に秋来ぬ
さらさらさつと降るはしぐれか生真面目にああ烏瓜生きてくれなゐ
野仏を賜ひしからに野となりし庭中茫たりすすき穂の闇
木犀に悪心なぎてゐたることとしみらに哀し人にしらゆな

邪淫妄語おもしろかりし若き日の色澄みくるやもみぢくれなゐ

白馬江

——日本書紀では白村江《はくすきのえ》。天智二年秋八月、日本出兵してここに大敗したことを太平洋戦争のさなか歴史の時間に教へた教師があった。その記憶が鮮明に甦ってきた。

なみよろふ低山《ひくやま》の木々もみぢつつ韓国《からくに》や炎を発しをれり吾をみて

秋霞濃ゆき彼方に白馬江流るると言へば心は緊まる

斉明軍百済とともに滅びたる白村江《はくすきのえ》の静かなる秋

旅にきく哀れは不意のものにして宮女三千身を投げし淵

国敗れ死にしをみなの亡骸《なきがら》を生きしをみなはいかに見にけむ

敗れたる百済のをみな身投げんと出でし切崖《きりぎし》の一歩また二歩

倭船四百焼きし凱歌を語るにを少し騒げり日本の血は

百済出兵の野望に泣きし役《え》の民の裔《すゑ》なるわれが見る白馬江

敗戦は女らを死に走らせき落花岩《らつくわがん》幾たびか仰ぎて哀れ

韓《から》にして日本はにがきにがき国帰り来ていかに何を語らむ

憤りとは若き力ぞと思ひしが悲しきときは多く怒れり

どうにでもなれと思へば菊捞りもつてのほかとふ膾もつくる

次郎柿富有柿まして禅師丸小さきものの実り火の色

武寧王陵《ぶねいわうりよう》立冬の霧濃ゆければ手にふれて知る木々の寂けさ

武寧王筑紫各羅《かから》に生《あ》れしとふ伝承は問はでひとり温む

武寧王の黄金《こがね》の宝みる朝ぞ六世紀大陸の力は迫る

物部連《もののべのむらじ》ら海を越えゆきて百済の黄金いかにか見けむ

おどろきて椿に触れぬこの蕾咲きて還暦の歳来むとする

物念ひの静かなることよろこびに似て茂りたり椿一樹は

霙して濡るる真椿しづかなる約束のごと蕾ふくらむ

冬川の大き夕日を釣らむとし夕凍みの土に男らはゐる
多摩川にある日鴨来る約束のかがよふごとし心に恃む

枯野より

魚籠《びく》の鮒くらくしづもりゐたるかな起ちて枯野を行かむとするに
唐辛子一心凝るといふ色の真紅を打ちて走れしぐれは
釣られたる鮒の生きをる暗き魚籠のぞかば見ゆらむ父の泪も
寒椿一心敬礼声澄みし中世はまこと一途なりしや
秋の日のよき名さびしき弟切草乏しくそよぎ刈られてゆきぬ
日本胡桃西洋胡桃手に遊ぶ胡より出でたるのち語れかし
冬の雀ものそのものにあらざれど穢れたる身は鋭くて啄む
大霜に楤の落葉も凍るべし音絶えて寒気深々とせる
幼子の来たり美しき思ひする幼子は瑠璃の言葉もていふ

日常の谷間

をとめなれば負けてくやしき花やかさ残念無念と声に楽しむ
抽出の乱雑のなかきさらぎの忙中の小さき真実まぎる
かしら尾も分たぬみみず生まれくる春の黒土みつつかなしも
おんまつり後宴《ごえん》の能の日溜りに用なきわが手かぎろひやまず
三国玲子死なんとしたる暁の蒼さを思ひめざめてゐたり
笛の息切れて短きしじまなり春の感情うるほひゆくも
物や思ふ物は思はじうららかにをみなよそほひ春は近づく
還暦のわれの今昔物語妖異乱神の花なほ足らず
立ちながらわれは衰ふ百千のなんばんきぶし萌ゆるをみれば
健全にもはや戻らぬ肉身に痛みきざして花咲きにけり
鬼の子のことばは一つ「もういいかい」まだまだひとりぼっちに遠し

久方の虚しき空に住むやうなのみどを下るあけぼのの水

雪晴れ

鳥海の山あらはれし雪晴れのうすくれなゐやこの世ともなし
吹雪《ふき》やみて大快晴の月の山赤川に浮きて白鳥は見る
まことはわれ花の精ぞと名乗るもの見つつ少しく能に眠れり
もも花は咲くや思ふやポポと打つ鼓ゆるらに能おもしろし
羽衣を謡へば春の水匂ひ能の村なるかたくりの花
白き餅すべらにあてにやはらかく能の村びとやさしかりにき
寒の靄しづかに渡る多摩川に白くにじめり百合鷗むら
ももいろの兎を抱きて喜べる幼児を率てゆく春の道
雪兎三匹消えてかぐろ土今朝まつばきの花落ちにけり
生活は貧しきものと思ひゐし戦中戦後香にたちし葱

紅旗征戎のよそに老いたる定家卿の冬の月見ゆあはれさびしも
夕鶴のつうもほのかに疲れたる風邪の宵にはれもん湯飲む
かをりよき石鹼の泡立つるとき若ければ泣けり人の恋しく
生きてゆく速度大幅に衰へて春を木蓮ふうはりと咲く
夜のこと眠りがたしとかなしめば花々は夜も笑ひつづくる

落花多少

大切の齢《よはひ》に入るといはれしかよきものをのみ見て生きぬべし
椿はもあはれ曇れど風吹けど一期の境ここなりと咲く
古き詞古き心のいくばくか恋しくて桃の花咲きかへる
詞やさしく声あはれにてうたはなむ人を撃つべきちからならねば
春の修羅山も動くとみてゐたりことごとく紅《くれなゐ》を捨つる真椿
若き日にひとたびは言はむとあくがれき海柘榴《つばいち》市に立ちて待ち給へかし

敦煌に身を痛めつつ哭かむとせし涅槃図の激しき耳切り男

花多きひよろひよろ椿あはれめどひねもす占めて鵯は愛《かな》しむ

をみならの妄語たのしき飲食のひまにて椿散り尽くすべし

花咲けど散れど不満でゐる心つき止めて掌に青虫這はす

うまごやし春荒寥の野かげろふきはまりて生《あ》るるものは恋ほしも

楽想

深大寺なんばんきぶし千の花序ああ楽想の静けさに揺れ

花々は日々ていねいに生真面目に咲きていかなる言葉もいらぬ

をみなごの才《ざえ》を笑ふと咲く花のくれなゐぞ濃し桃も椿も

土地訛りすぐにまねたくなる吾れのなつかしみぐせ人知らざらん

傀儡女《くぐつめ》の老いてほのかにうたひゐし春の法文《ほふもん》よみがへれかし

生きの声かなしきものか青葉木菟ほうと啼きても一人は孤り

栗や椎や香ある花房しみじみと乙女にて悩ましかりししむら

体毛もうすくなりたる老い猫が蛇の子をとらへ食みてゐたるも

海芋《かいう》立つ夕畑にくる梅雨のあめなべてしづけく終るはよきか

当世は面白タンカさりながら言論の危機を今日問はれをり

烏羽玉

ぼうたんは狂はねど百花乱るれば苦しきに似たり恋ぞかがやく

春日のししむら熱きぼうたんの烏羽玉をみれば安《やす》見児《みこ》も得よ

牡丹咲く翁獅子とふ白きもの命つよくて咲きすさびたり

花神つどふぼたんの中にほうほうと白光を放つ種《しゅ》は何ものぞ

牡丹咲きてそこのみ白き天上の香ありき空襲の絶え間なりにし

敗戦は迫り絢爛と牡丹咲き乙女らは焼き米をかすか食みゐし

さしも知らじさしもしらじな思ふこと青草となりて茂りゆくとは

存在として証《あかし》としてといふ言葉言ひてこの論押されつつある

男の論かすか不可思議されどなほわがほほゑみもかすか不可思議

長き髪をとめらは背に乱暴に投げやりてしばし微香をこぼす

恋ひ恋ひて春の毒だみ萌え出でぬ言ふべきことばほかにあらねば

肉厚きくれなゐに痩果《そうくわ》やしなへる幸福さうな苺を買はむ

アフガンをつくづくと見ぬ撤兵のかの山裾の萌ゆるなるらむ

麻生川さくら二駅咲きわたる鄙のさびしさに餅食みにけり

仕事場に敵あるゆゑにかがやける男の心かなしかるべし

肉体はぜひなきものぞ心とふ千々なるものを抱き臥《こや》れる

しうとめのゆるらに抱きゐし琵琶の春のもなかの寂しくありけり

白 峰

草茎《くさぐき》に繭ごもりゐる白きものに月光は来てとどまりゐたり

流され王崇徳のきみが見し海を彼方へ彼方へ伸びる大橋
真葛はも白峰に生ひて陽に太し腕《かひな》に纏《ま》きてかなしみにける
血の宮の跡どころなる昼顔の花みれば心ゆきがてぬかも
草は草を弾きて日々に茂るなり縞もつ蛇も生《あ》れねばならず
崇徳陵に蜜柑の花の香は満ちて和《な》ぐしともさびしとも思ひがけなく
稚児の滝ほろびてゐるも忘れずよ山藤の花夢かと白し
崇徳陵にいまも侍ふ為義と為朝をみれば涙ぐましも
鳥の子生《あ》れたる山の椎の花天のさびしき香をふりこぼす
崇徳院の怨みのこころ和魂《にぎたま》となりて去りぬときけばかなしも
みささぎに侍従のごとく立てりしが貝多羅葉《ばいたらえふ》はかすかにそよぐ
夏雲のうそいつはりのなき力ひたすら迫り森を暗くす

黍立つ

梅雨の晴間に蟻は生まれて走りをり来し方もなき生の激しも
つばくらご口あけをれば火のごとし飛燕は乱れ物に狂へる
中つ世の盛《じゃう》親《しん》僧《そう》都《づ》眠りたきときに眠りてすこやかなりき
向日葵も咲かなくなりて一列のもろこし畑紅毛太る
眠れねば眠れる人の傍らにさびしやひとの歌添削す
えんぴつを削りて夜の底《そこひ》より立ち上がる淋しき霧を見んため

富山発、利賀へ

ぼか杉と呼ばるるみればつくづくと直き平凡の種《しゅ》のやはらかさ
日おもてとなりても暗きぼか杉の落人谷の死者たちの翳
搗きたての栃餅食まむこれ以上山の沈思に近づかぬため
十年を経て何一つ変らねばコキリコのおたけも七寸五分ぞ
利賀村は真の闇なり一車もて走れど走れどさぐりがたしも

七〇年代早稲田小劇場の闇濃きに利賀村は全村の闇もて応ふ
闇ふかき中より劇的なる身体《からだ》あらはれて襤褸なす綺羅を纏へり
肉体は直ぐにし立てりリア王の悲のはじめなる格調のため
鈴木忠志を闇もて知りし七〇年代の小劇場より闇さらに濃し
白鳥座覆へる下の利賀の村にリア王はゐて世を慟哭す
リア王に世を哭かしめて闇にゐる鈴木忠志の闇の輪郭
銀河いかに傾くとてもつゆふふむ杉の暗さは香にたちやまず

山の澄むまで

地獄谷まことも暗しその彼方大汝《おほなむぢ》いざと呼べば谺す
そのいはれ知らねど間名子《まなこ》の頭《かしら》といふ愛子《まなご》の頭《かしら》かなしかりけむ
白煙を上げて一山の雨早し大汝しばし見れど隠ろふ
羚羊の滝といへるは激しゐて流蛇を呑みしのち落下せり

63　南　島

雨はるる白山は呵呵と笑へどもきりん草まづ身を起したり
精神といふいぶせきものを持てばなほ雨後の山河の澄むまでを見つ
銀漢の彼方より来したましひのほのかに白き山ぼふしの花
さそりの心臓見んよと夜半に起き出でぬ天のぬば玉にまたたくものを
胸打ちて夜半のかなかな鳴きいでぬほとほと世紀尽くるといふか

阿古父《あこぶ》

抄　一八四首

をこぜと街

秋の日の水族館の幽明に悪党のごとき鰧《をこぜ》を愛す

いづ方か欠けうげながら生くるぞと歎きて去りぬまだら鰧は

まだらなる鰧の暗き朱《あけ》の色醜悪の華みれど飽かざり

鰧みて見飽かねどわれ紅《くれなゐ》のまだらの怒り好むにあらず

剛直なる淡き交はりをたのしみてカサゴ科鰧の水槽を去る

日本一の剛の者とふ貌なりし鰧食はれてをり灯の下に

水槽に不平不満の鰧みて心しんからなぐさめられつ

衆鱗図《しゆうりんづ》カサゴの妖異かがやきて山海経《せんがいきやう》の海はむらだつ

ながむれば見れば秋なる空の色富士を見せをり首都高速路

地下道をきらきらと行く長脛彦《ながすねひこ》うちほろぼしてやらむと思ふ

若きらの無表情文化圏に腰かけて世紀の末のバーガーを食む

揺れやまぬ連結器上のゆれにゐて思ひやまずもはるけき戦後
天狗風どつと来る夜の烏瓜ちぎるるばかり真つ赤なりける
芭蕉科バナナ珍しげなし秋の灯に叩き売られて消え去りゆきぬ
柿市の柿もなくなり明日ははや何来てもよき天狗晴れなり
秋や昔テキーラの強き酔ひめでて塩舐むる夜をうるはしみたり
秋水の辞世の詩碑をみしのちの土佐の酸橘《すだち》のすゆきさびしさ
幸徳秋水の詩碑新しき丘の上人居らぬ秋を見に上り来ぬ

鬱　光

秋深き麻《あさ》生《お》片平《かたひら》暗森《くらもり》に鬱光を放つ楢は立ちたり
暗森のつひの梟も死にたれば金の鬱光を放つ楢の木
母はもう植物なれば静かなる青き心を眼に澄ましゐつ
植物は感情澄みて青ければ母を植物とみてかなしまず

いねてただ時々われを見る母のほうけしつひの知力かなしも
木犀の花咲き火星近づく夜しづかなり乳足らひて眠るみどりご
思ひ出も円寂すなり悔い深き木犀の香は忘れざれども

秋　夜

寝ねて思ふこと大方は豊かなり今宵横たはり歌を作らむ
蟬多く鳴き狂ひつつ森の辺に自ら滅ぶ激しさに墜つ
白蟻の予防屋もこの頃来なくなりだまされしごと崩壊もせず
自ら萩咲きなばと思ひつつ遂げがたし老父なぐさむるさへ
白桃の二つほど水に沈みゐし銀河の夜の父母と子のわれ
打ちふして和泉式部が思ひたる男のこころおほくいぶせく
真夜の海見てあれば激ちくる心かかるもの秘めてわが生きをるか
雨十日武州柿生の土の冷え深霧なして湧きくるちから

桂花の季

彼岸すぎ墓なき母の半世紀のまんじゆしやげ咲きて秋風とゐる

木犀は匂ひて秋の空間に月宮のごときさびしさ来たる

人思ふ秘密もなくて木犀の香をふいにきく夜の影ぼふし

鬼魂《ものだま》の醒めて物食ふ雨の夜の音ひしひしと木の葉を犯す

天球に冬のひかりの深きものいかつり星と呼べばかなしも

ほろびほろびほろびほろび切れざる情念の草生に立ちて人は語るを

光を砕くこと面白し多摩川の夕日の最中《もなか》鴨ら遊びて

心こそ光るにあらめ夕日映る水を走りて鴨ら遊べる

都鳥つばさ夕日に匂はせて魚あれば水に全身を打つ

冬男風の中なる冬男ふと川岸に火を焚きそめぬ

鴨にあらまし

眉刀自女《まゆとじめ》師走の厨の眉刀自女わが切る白き大根《おほね》のひかり
凄絶に人参畑枯れたれば火を放つことうれしかりける
鯉切れといふに切るなり十二月水に研ぐ刃はさゐさゐと鳴る
天鵞絨《びろーど》の花のごと夕日くづしつつ鴨ら羽搔けりかすかに啼きて
手をひらく千々に乱れてゐる冬の心のごとき寒き手ひらく

冬ざれ

多摩川に冬来たりけり水ぎはに大き鷺ゐてもろ鳥を追ふ
青首の鴨の一羽は首伸べて白き輪を見す楽しかるらし
鴨の声くうと啼くなり川中に枯れ立つ葦の陰のやさしさ
啼く鴨に鴨は応へずしばしゐて川ごと昏れてゆけり多摩川
多摩川の夕日美し鴨とゐてわが聞えうた寂びしくぞある

葦枯るる中洲に渡りまだ生《あ》れぬ雲雀を嗅げり赤犬の子は
冬ざれの川原《かはら》凩《こがらし》に出で合ひて悪人ごつこ遊びたりしよ
鼠小僧ごつこに英雄たらむとし逃げかくれ走りたるをみなごぞ
悪人に悪人の掟ありし世のかなしき名なる鼠小僧よ
獄門の悪事かがやきゐし者らなべて眦に朱はさされゐし
ぐにやぐにやのなまこの心あはれめど鈍行に睡り帰りゆくなり
新宿の雑踏をゆく若きらのむらぎもは群れてにほふと思ふ
白梅の時間《とき》はしづかにゆつくりと昔は今を引き寄せてをり
「わ男！」とわわしき女罵《ののし》ればこころよきかな罵るちから
かすかなるものなりければ言葉とはやはらかに花のごと咲かしめよ
ああ中世よしなきものをよしなやとうたへば心しづかなりしか

月山新道

月山の橅はも立ちて神のごと手をひろげたり雪に祈りて
木ささげは枯れ房下げて吹かれをり人間は如何に耐ふればよけむ
薄き眼をあけて吹雪を見上ぐれば月山さるをがせちぎるるばかり
他界より他界へ渡る雪の谷青き眼を上ぐ神ならば神
かがなべてわが二つ寝し山白く一夜に老いし霧氷樹林帯
からうじて間沢《まざは》に入れば昼の灯の雪まみれなるみちのくの色
寒河江《さがえ》川氷雪白く流れつつ忘れがたしはるかなれども愛は

円山川

春の靄ふくらみきたり湊江《みなとえ》に鴨啼く春の但馬恋ほしも
円山川春のちからのみなぎりて鳰光る岸に船は近づく
来日山《くるひやま》雪靄たてて霽れゆけばあああふるさとの春の存在

矢次山《やつぎやま》春の雄山の雪光り乙女を欲しと思ふならずや
こふの鳥飼はるるを見る出石山《いづしやま》に春の淡雪ふりやまぬかな

何の重みか

ある日ふと病《やまひ》あらはれかなしげな顔して春のわれをみつむる
一本は一本と話すこともなく芽吹けり街路樹のつらだましひに
桃の花咲きたる下に侘しげに犬ゐて鳴かず春深みかも
げに恋はくせものまして花あんず散りてあとなき三月の空
夜半の篳篥みつめてをればしづかなる何の重みかしみ出づるなれ

音　楽

明治政府が捨てし和楽の音階の鼓を締むるくれなゐの房
文部省なほうら若き明治にて日本音楽捨てし春の日
三弦や十三弦や一弦やすは桜ちる音をきかせよ

小鼓の胴は桜の蒔絵にてプホプホポポと打てば魚泪《な》く
十二音階一気に上り日本の笛の虚空の澄みとほる青
糸竹呂律の音色を少しきかせばや世に古きこと春はうれしき
音楽はドレミファのみにあらざるを和楽ドレミファに直せよといふ
めぐりあひて龍女の面《おもて》と額《ぬか》合はす妖しき夜を人知るなゆめ　龍女を賜ふ
じふいちいじふいちいとはかなしもよ慈悲心鳥のいのちつくして

栃の木峠

越前の栃の木峠栃の花ほけほけほうと人忘れしむ
忘れたる齢もかへせ栃の花咲きてをどれる心はいかに
身盛りの栃の木のこと誰にかも咲きかがよひて光るとつげむ
をみなにて人恋ふること鬱情に似たり真盛りの栃の木の花
栃の木は五百年目の花咲きてよろこびをるを見る人もなし

早坂峠

桷《ずみ》・槐白花《しろはな》重く咲き翳る海やまのあひだなり岩泉町
夏来たるらし白妙の花落ちて巨いなる大盞木の鬱はあらはる
花咲けりその清きこと上もなき大盞木の失恋の香よ
あなにやし身の盛りびと声あげて笑ふだにすがし大盞木は

高千穂

みんなみの潮どくどくとぎらぎらと大淀川を溯る夏みゆ
日向とはここ景清の逃亡地早稲刈れば浜木綿の盛りあらはる
積乱雲隼人のこころすみやかに起ちて物いふ伊藤一彦
逃げ上手景清がつひの地としたるここが日向かぶんたん実る
潮照りをあびて来にけりゆくりなく景清廟にみる娘墓
たばこの葉剪られしたばこの木偶《でく》の坊ただ炎昼に立ちすさびたり

情熱は眩しきものをまかげして過ぎゆくまでの夏祭みむ
高千穂は青にま青《さを》にきりきりと稲葉を立てて蜻蛉あそばす
鳴神は古祖母山《ふるそぼ》にかくれたり神楽みにゆく高千穂の闇
高千穂の夜は音もなし南天に鯛釣星は大きく上る
ぼろぼろと星あらはれて高千穂のぬばたまの闇その貌をもつ
荒魂は白ゆふ花の麻苧《あさを》髪たけりさびしく舞ひ隠れたり
高千穂は青杉ばかり星ばかり夜をこめて飲む焼酎も闇
いとこやの汝妹《なにも》のみこと夜神楽は更けてまぐはひのさま見するなり
祖母山に古祖母山は並びゐてああ親になひ星も上れり
人は人犬は犬なる影連れて言葉ならねど偽りならず
高千穂に来しはさびしさにあはむため朝日直《ただ》刺す国に目覚めて
天牛《かみきり》は草に眠りて幼子の手に捕《と》られたりぎぎと鳴きたり

天の安河越ゆれば黄泉路亡き母の黄泉路の魚を釣らむと溯る
錦木はさながら不平の木の茂り苦しき暑さなればいたはる
昨日会ひて今日は別るる南《みんなみ》の歌よみの情青山の色
夏闌くる日向の海の七つばへただ白波の寄するばかりぞ
人間にプライドありてプライドに気韻必ずあらぬかなしも
クレーンは一壁を吊りてとどまれり空中にありて光を放つ
高層レストランに激しき夕日ぶつかりてポポオは光りまた沈黙す
薄情をゼッケンとせし交りもふと絶えてながき夕陽うつろふ
父病めば人遠きかな夏深く終るもの一つ一つたしかむ
忘れつつ燈籠流しも過ぎてゐつ父が喉切る九十歳の秋
かの世阿弥せぬよりほかの手立なき世をみつめたる幾年なりし
つくづくと七日七夜の生《よ》を惜しと蟬鳴きてはたとベランダに死す

帰ることまたなからむと言ひしのち思ひ直して父入院す

音もなく

踊り踊るなら東京音頭痴れ痴れと半世紀何もなかりしごとく
五十年東京音頭変らざる夏こそ花の都の真やみ
うら若きこほろぎ秋の灯に出でて古き世の声しみじみと鳴く
蟬大小ベランダに死にてゐる朝の夏布団さやらに叩きて静か
木蓮の大葉いただきより落ちて蟬のむくろもひつそりとせり
まぬかるる死はなしされど苦しまで父あらしめよ終り得させよ

いのち抄

くれなゐの淡きまゆみの実を裂きてゆきし秋風喉裂きし父
麻酔より醒めくる父は何者ぞ怪《け》鳥の貌をもて甦《かへ》りくる
癌残し縫へば肉叢つかずかも千たびは思ひ迷ひ打消す

喉切れば正身《むざね》あらはる父といふ明治の骨の怒りあらはる
血の匂ひかすか漂ふ病室のみなもとにして父は横たふ
苦しきは生けるしるしと思へども血の匂ひたつリカバリールーム
われ一人のみ生み残し死にたれば母あらざればひとり父看る
明日といふ言葉なく今の苦しみを生きをる父の血しほみてゐる
不覚なる病に死なむ怒りもて血膿にまみれをり父の胸
病窓に秋の空澄み奏楽のほのけさに去る雲は幾たび
一面の鏡を持ちて来よといふ喉切りし命われと見むため
開かれし気管より噴く血のさまを見せよと怒る父なるものは
破れをるいのちの傷のもり上がる喉《のみど》あぎとひ物食ひにけり
九十歳激しきいのちなほもてば切りし喉もて熱き息する

阿古父《あこぶ》

秋すでに深きを誰に告ぐとなしわれに父無くなる日近づく
死は強く執念《しふね》く命に棲めるなりかすかなる希望の灯などともして
心なほ淡きものなり肉体に癌の痛みの走るを見れば
手を強く握りかへしてまだ生きる命の覚悟父が伝ふる
たはやすく死は得られねば身力を尽し苦しむを父ぞと呼ばふ
癌の痛苦つぶさに見しめ秋白き木槿は残り父は死ぬべし
不自由なる近代の自我の一つぞと見つつかなしも父の気力は
秋風にふいに父無きものとなりし顔晒しつつ病院を出づ
父死にて風景遠く乾きゐる秋のもなかを帰りゆくなり
意志のごと意地のごと痛苦見らるるを拒めりかの日が別れなりにし
生き得じと折ふしに思ひ看取りたるわが眼しづかに父が見てゐし

父といふ恋の重荷に似たるもの失ひて菊は咲くべくなりぬ
肉身の焼け滅びたる葬台に骨格太く父はあらはる
骨太きこは何者といふ声の低く鋭く父の骨掃く
気力などといふものありて死ぬるまで苦しみし父よ泣かで思はむ
風景はあはあはと眼にみちゐたり面影にみる死者阿古父尉《あこぶじよう》
初七日の夜の力あるすういつちよ青きうつし身をあらはしにけり
いつかさてかなしきものを父と呼び生きなむよ秋澄む夜々の思ひに
鶏頭やくれなゐ深き管菊《くだぎく》や秋たけてはや父はあらぬを
うろこ雲亡き人かずにゐる父に燃えて雁来紅もさやうなら
初《はつ》七日過ぎて身辺さびしきよ菊のきせ綿父にまゐらむ
摘みをさめし父の手しほのつひのもの紫蘇の実を食む塩ひしひしと
生き甲斐の統計の首位に子を思ふ父の情《こころ》のあはれくれなゐ

飲食の卓に家族の灯をともすひと二人あることは頼もし
川水にある日の父が浮かべたる浮子《うき》の赤黄《あかき》の渦見せ申す
取り出でてこれ以上なる花やぎはなし父が浮子だんだらの渦
父の庭わが庭となり初冬の石榴を伐れば石榴砕けつ
木を伐れば冬枯の庭あらはれぬ石榴は砕け柿は潰れて
家族とは思ひ出の中に棲むものか冬月冴えて夫婦のこれる

冬のひかり

ま清水はくぼより湧きし恋が窪うらなやましく冬枯れにけり
猩々木またの名はポインセチアにて狂気醒めたるのちのくれなゐ
生くる世の十悪万邪かなしみに似て花々の蕾ふくらむ
父の庭に父が遺せし楽しみのなつかしも万朶の空伐り落す
あら玉の年のはじめの声出《こわだ》しの息松の香を深く吸ひたり

暁《あけ》すばる

抄　一二一首

不逞なる美

鬼を為《す》る

奥三河語り尽きねばたまきはる真紅の鬼を押し出だしたり
赤赤とまた寂寂《せきせき》とゐたるもの大き鬼面を執りてかむれり
鬼を為《す》るこころといふはうつしけもなしまつさらな夜の闇は来て
消え残る渚の雪の白さもて能の女の足は照りゐつ

不逞なる美

山青く雲白き日ぞ小面にかくれてうたふ恋のごとしも
不逞なる美しきもの近づくと見えて小面は男声《をごゑ》をなせり
小面はよろこびをれりきさらぎの柳青める日を思ふらむ
人しらじ金輪際といふ際《きは》のさびしき汗をしづかに拭ふ
眠らずに眠りの来るを待つこころ暁にしてうすき汗あゆ
明けてゆく夜の色かすか絶望に似つつ眠らぬうつし身冷ゆる

うづの若葉

くれなゐのみ掘串《ぶくし》に掘《ゑ》りし山葵田の古き恋古き心ひとりかなしむ

肉体といふものありてなやましきをのこごの老をみなごの老

どろん軒に大とろろめし食うべゐしむかしの吾の好敵手いづこ

発車つね一分前に着くが好きこの癖なぜになほやめられぬ

鉄路いとさびしく光り横川を過ぎて旅人となる夜の霧

いづこならむ目ざむれば雨こまやかに寂寥に会ふごとく停車す

軽井沢停車短き雨夜にて芽吹きの香する澄みて寡黙に

桜ちる千々によろづに音もなき信州山本宣治碑の昼

さくら咲く一揆の末の青木村の貧苦ほろびしのちの山鳩

死にたるやと思ひ見をればよろよろと起ちしのみ老猫の行くとしもなし

えご白しあの子もこの子も嫌ひなる老いといふもの棲みてゐる家

ラウンジの窓にみてゐる走り梅雨傘なきはいきいきとして走り去る

百足虫の季節

大百足虫ばらの根もとにゐて涼ししばしなほしばし百足虫うごかず

青に小《さを》さきかまきりと幼きまひまひと生れて一つ葉の上に乗り合ふ

「人間だつてやな時ある」と植木屋は芽吹かぬ梅の説明をせり

死者ひとりづつ増えゆきて盆のやみ邃《ふか》し存へしものは火を焚く

相ともにいつかひとりとなる家を企てゐたり老いたるはてに

盆の川燈籠一つ流しきて鮎食むときの二人の家族

長女にてひとり子なればちちははの盆の新墓《にひはか》ひとり飾らむ

黒き布まぶたに当てていと濃ゆき闇に眠らんとかなしみにけり

あぢさゐは霧なす雨に揺れいでぬ情《おもひ》濃ゆきはかなしきものを

あぢさゐの瑠璃はいかなる愛のいろあなさびしくも言はでこそ居れ

老いて男は女体恋ふらし秋風にわが忘れをるわれなる女体

蟬の穴三つ四つ見つけ炎天の土中に指をそよろとさし入る
はればれと幼子泣きて力ある晩夏の茜かがやきにけり

秋の扇

豆腐屋の笛まねてゐる犬ありて夕ぐれといふ秋の空間
淡き交りを茶は教へたり秋風に人間好きの言葉は迷へ
ふと思へばわれ情あつく愛淡きこと折ふしのあやまちなりや
子午線にわが水瓶座上る夜の秋寒し丁寧に時を生きたし
力ある文かな心こもれるは恋のごと秋の夜をさびします
晩年は運傾くがよろしきと酔ひにけるかなひとごとなれば
月冷えて夜の混沌の澄みゆくを扇ひらけば萩の花咲く
桂川とほき連理のしがらみに仰ぐ魚座のフォーマルハウト
乳ふさの冷えに冷えたる秋の夜のつゆけき芝を思ひてをりぬ

逮夜の門

いと細き彼岸の蜥蜴瑠璃の尾を宝のごとく我に残せり
石榴はも太り色づき女運よくもあらざるものと吾が棲む
逮夜の灯ともして青ききりぎりす迎へ入れたり夕餉の卓に
ちちははのなきを思へばつくづくと命は深く息づきにけり
マタタビは旅せよといふ白き花去年の実嚙めば夏さらに深し
女なること忘れをりしが夏たけて鯉魚《りぎょ》たり夢に濃きやみを泳《ゆ》く
暁すばる天辺《てへん》に淡く書きつげることよなき時といふはさびしも
木の葉ちりて銀の帽子《ぼうし》子《ご》揃へたる木蓮の枝の大き冬の日
情熱を命と思ひし感覚もしづまりて散る銀杏のひかり
頰白はすばやきひかりこぼしたり声澄むは飢ゑに似てさびしけれ
白菜を一つ抱へてしぐれする師走の街を走るさびしも

耳順の花

天草より見る遠眼鏡にずるさうな狐ゐて伊曾保のぶだう熟れたり

巣落子は死ぬものかかるやはらかき命を嗅ぎに魔のごとく寄る

山椒太夫の海岸線のうすあをき砂にしぐれてゐし三輪車

西上人したしみがたき一ところしぐれてもしぐれても油断なし

黄色《わうじき》光《くわう》放てる榠樝大空をどうと落ちたるのちの深処《ふかんど》

冬満月落葉の道を照らしをり死後のごとはるけくて歩むべし

鴨食はせむといふ男ゐてさびしもよはるばると川を越えて率《ゐ》てゆく

世のことは耳順の花のほのけくて判断すこし狂ふたのしも

草千里千里枯れたる夕暮れのたまきはるひかり群牛にあり

ぎざぎざの阿蘇の根子岳たちまちに昏れてぼろぼろの怒りをかくす

木の葉しぐれ年にひと夜の音をきくはらほろろひし、ひしと降る音

かなしみの深き胸処を思ひゐき阿蘇噴くは太き咆哮のごと
あさぎりの江津湖の鴨の嘴《はし》寄せしクレソンを手切《た》り友帰り来ぬ

山茶花の垣

文明批評ばかりしてゐるさびしさに咲くひがんばな千枚の舌
秋ばれがあまり明るく一度だけポッペン吹けどそれも好まず
寒冷前線蒲の穂にくる夕日どき鴨はしづかに水に着きたり
戦争はここまでは来じと誰も誰も思ひて山茶花咲く垣にゐる
小春日の冬木にまなこ遊ばせて物思ふときの手足さびしも
激つもの詩と思ひゐしが若かりき真夜深く詠みて泣きし俊成
一本の木の中にある戦争の年輪やせて伐られてゐたり
かのシテの人嫌ひなる舞の背な橋掛にてふと弱りたり
贈《おく》られしときもところも忘れつつポッペンポッペン冬の陽に鳴る

病む夜のてのひら見れば翳りこき千筋の蜘蛛の糸張られゐつ

舞の荷を下げて出づれば冬満月団々として静かなりけり

人間の眠りの外のやみにゐて犬は天狼の冴ゆるを啼けり

憎まれものら世にはばかりて不可思議を食むよすつぽん鍋のぎとぎと

春すぎて帰化外来語氾濫す目にも声にも論立つるにも

柿畑《ばたけ》 梨畑はた梅畑帰路なべて矮性のさみどりの悲歌

にがきにがき己れ味はふごとくにも笛方が手の一管の笛

しろがねはきらと光りて頭髪より針ぬき出だす春のたまゆら

青芽吹くいのち古きは水妖のたをやぎにゐて柳なりけり

鬼ひとで赤き珊瑚を食むといふ食《を》しもの拉《ひし》ぐをとめのひかり

尾を立つる犬の気力のみなぎりを桜公園やさしくつつむ

二日ほど昔

何せうぞくすんで　されど地に落ちしさくらは枝に帰ることなし

深淵《ふかふち》之《の》水《みづ》夜《や》礼《れ》花《はな》の神といふ古事記悲しき桜なりけむ

千鳥ケ淵朝しづかにて深淵之水夜礼花の神は浮きゐつ

女《め》童《わらは》はボーイフレンド欲しといひポップコーンを一つ食べたり

フェミニズムのことなど論じ一夜寝て谷のさくらも衰へにけり

幾度でも新しい仕事はじむるが好きにてこの友また仕事罷《や》む

夜深き受話器の底に通ひつつマフィアのやうにまた歌のこと

勢《せい》多《た》迦《か》は金《こん》迦《が》羅《ら》とゐてまつくろき不動に添へり相語らはず

いつしんに古葉ふり落しゐる椿五月しづかに苦しみてあれ

わがこころ慰めがたしみかん飴一つぶふふみもう少し書く

五月白いブラウスのほか着ることなし誰との約束にもあらねど守る

グライダー

山の辺の上昇気流つかみたりいま曳綱を切れグライダー
風のむた流るるものはましろなる翼張りしグライダー　音なきしじま
グライダーのま白き翼の一文字今日知りてこの白さに迷ふ
引き綱をはしと切りたりグライダーは高度三百の詩的空間
グライダー純白なれば空知太《そらちぶと》ああ空知太の空こそは藍
無重力のごとき一瞬安らかに山青く雲白しグライダー
グライダーはしばし動かず石狩の上昇気流の秀《ほ》に遊びゐつ

秋の鏡

沖の石の人こそ知らぬ言葉もて荒梅雨のごと今宵は激す
目高とは物そのものにあらねどもかなしきものぞ目を張りて生く
仰向きに蟬は死ぬものさはらかに石榴木《ざくろぎ》の蟬梅の木の蟬
世界のこと正直いへばわからなくなりてつくつくほふしも死ねり

つくつくほふし励みて啼くも疲れたり今日のしごとは明日にのばさむ
憂きわれを憂くて見るべし残されし父の眼鏡の彼方なる秋
木ささげは莢実を垂れて秋の翳ゆれゆれてアンダンテ何も恃まじ
きりはたりちやうと啼くべし虫ならば秋風きよくうたたさびしく

秋 翳

鮎うるかうましくなりて秋の夜のはらわた少しにごれるごとし
呼び止めて秋大根を煮よといふ八百屋天坂《てんさか》の日照雨《そばへ》あかるし
物思へば手は遊ぶらむ秋風に鶴の三つ四つ生れてうつむく
人の死の忌日一覧季語にして今朝は宮沢賢治死にをり
蜜柑の香だしぬけに身をつらぬきて車内瑟々と秋は来てゐる
小淵沢コスモス倒れ伏しゐると告げやらむ携帯電話取り出す
みつしりと秘密一箱つまりたる重さにて黒葡萄とかかれたり

飛《ひ》種《しゅ》

抄　一八七首

仏頭とすずめ蜂

秋深きつゆのひびきに思はずもどうと落ちたる磨崖仏頭
しんしんと針の細さに虫鳴きて仏頭落ちし土はしづもる
仏頭に口髭あればおどろきてそよろにゐたり青きばつたは
唇にくれなゐふふむ仏頭は地に落ちてより笑ひそめたり
ほのぐらく九品の阿弥陀佇つみれば岩を彫りたるさびしさ無限
いかなるや藤原前期弥陀三尊山にゐてふくらかに石より出でつ
人頭大のすずめ蜂の巣を癌のごと太らせて木犀のことによき秋
黄色光の匂ひを放つ木犀がまひるすずめ蜂を育てゐる音
すずめ蜂ぞつとするほど大きなる褐色の巣のこもれる吾庭
弱りたる蟬の生き身を砕きたるすずめ蜂はきと唸り立てたり
すずめ蜂はまづ眠らせてやはらかに死なしむるぞと告げられてをり

忘れてしまつたひもじさの声澄み透りほほじろが冬を運んでをりぬ

蜘蛛合戦

はるかの夏汗して蜘蛛の闘ふをわれに見せたる男子《をのこご》あはれ
蜘蛛の勇者ホンチ闘ふ怪奇さを飽かず見ていよよホンチを愛す
横浜にホンチ合戦残れるを誰かネコハエトリグモなどといふ
蜘蛛の雄《ゆう》ホンチなりしが秋闌けて土にホロリとこぼされにけり
まなこ凝らせばさびしきいのち蜘蛛の子の雪を迎へにゆく糸見ゆる
せつせつと蜘蛛の糸飛ぶ庄内の晩秋を見ぬさびしきかなや
蜘蛛の糸ほそうしなやかなりければさびしき蜘蛛ら乗りて飛ぶなり
文化八年栗本丹州あらはしし『千蟲譜』の中の掃除蜂あはれ　　虫譜
『千蟲譜』に蜂多し馬尾蜂といへるもの不敵にて一尺の糸尾引きゐつ
蜜蜂に仕ふる蜂の輩《やから》にて無能黒蜂と記されし雄蜂

寒林檎割きて透明の蜜をみるさびしきものを芯に抱くを
枇杷の花目近に咲けば冬の日のにぶきよろこび意外に深し
忘れても何さしつかへなきものの一つにて忘れず霜夜凍《し》む音
露と答へて消えざりしより毛深くてまがまがしき枇杷の花と咲きゐつ
秋の果実《みのり》みよやみよやと賜ふにをまがなしく聖《きよ》し北のふるさと
幸ひは秘めよ秘めよと満身に青き蕾をやしなへり椿
枝先にひつしりと蕾生れゐて幸ひなれば椿黙せり
晴着きて家族合せの中にゐし父母もわれのちちははもなし
球根を埋めたる土のやはらかき黙《もだ》しみらかに冬の日は射す
霜《しも》天に満つる夜の音しんしんと身に覚えゐていふこともなし

青みぞれ

大白百合カサブランカの水を吸ふ勢ひみえて母は死者たり

喪の花の鉄砲百合は母に添ひ水を欲うしや欲うしやと呼ぶ

まま母として嫁ぎ来し日の春庭にあはれはなやかなりし丸髷

錦紗といふきもの着てゐしまま母の踊りみし日も無限の彼方

冥土へのみにくき草鞋憎みつつ足もとに置く別れなりけり

三味線草ぺんぺん萌えて春来れど母死ねば杳き相馬野もなし

かんざし草ちんちやらこちやらゆらしつつまま母若くまま子幼く

銘仙は陽をふふむとき繭の香せりまま子まま母ほのかにゐたり

雪のやうに木の葉のやうに淡ければさくりさくりと母を掬へり

きづなとは時ありて燃ゆる火のごとき枷その骨の母を抱けり

花 信

みつみつとひしめきやまぬアゼリアの春のいううつの眼は青みそむ

ざうもうさぎも同じ大きさ公園に子供またがり春に近づく

子供ゐる動物公園ぶた笑ひ人魚かわきてきさらぎなかば

紅梅も白梅もばら科の芳香を放ちて青猫が眠る朝なり

眠れざる因さまざまに問ひゆきてつひにおろかなる小心に会ふ

テレフォンコールしばし待ちてよ真紅の薔薇四五十匂ふ壺抱きをり

悲しいこと好きの少女に原つぱといふ空間ありてひかり満ちゐつ

春は思ふ水の緒《を》紐《ひも》を解くといふことばの匂ひ花のごときを

長《は》谷《せ》雄《を》草紙の 美《くはし》女《め》水になりゆきし春の日なたの白梅の花

オランダのチューリップの芽を蹴ちらしてゆきし仔犬のあとの春光

梅匂ふ夜をむくむくと太りゆく心あり達《たつ》谷《こく》に悪路王ゐて

春の夜の女賊立《たて》烏帽子《ゑぼし》われなれや後シテのごとふと立ち上がる

萎れといふ美を思ひゐし初《はつ》老いの世阿弥の春のにがきさびしさ

小田急に乗せても元気で咲いてゐるうめももも連れてちよつとそこまで

枝垂梅咲き遅くして散り早したのしき仕事ややになくなる
たそかれにかげろふものとなりゆける亡き父の梅白く乏しく
犬眠り猫眠り春はゆくゆくと病むかと思ふ時を移せり
一日中吠えて三年飼はれゐる犬が時折嗅ぐ春の草
心なし愛なし子なし人でなしなしといふことといへばさはやか
駒下駄は亡き母のもの素足もて光の澄める涼しさを踏む

蟬　丸

招かれて宿るうれしき近江路や草津のきみが面《おもて》打つ宿

鯉の魚味うすらに食みて青葉濃し蟬丸の面そと見せたまへ
眼を閉ぢて音楽のほか好まねば聖代を見ず盲ひし蟬丸
目《まみ》拭ふ青葉のしづく売るといふ蟬丸のこと誰に問ふべき
視力ややに落ちて打たれし「蟬丸」のまぶたのあはれ触《さや》りていはず

蟬丸は見ざりしか見えざりしかと問ふ人もなし知る人もなし
三日月型に閉ぢたる目《まみ》の美しく見ぬゆゑに識《し》るうすきほほゑみ
蟬丸の異伝風説なかんづく逆髪《さかがみ》といふ姉ありしこと
逆髪は坂神《さかがみ》にしてをみなにて蟬丸をかなしみきその音楽を
絃を叩けばたちまち情《こころ》声となるさびしき夜かな静かにあらむ
軸《ぢく》を転じ絃を撥ふといひたるはあやふきかな中空《なかぞら》の恋にかも似る
弾ぜんと絃を抑へてあふれゐし声文《あや》をなすしじまなりけり
小絃は切々として私語ふかしきかばや齢《よはひ》たけて身にしむ
大絃は村雨のごと泣きしとふはや蟬丸は誰にてもよし

とんぼと阿弥陀

鳴きしきり蟬が命を落したる修羅の巷の松葉牡丹花
石榴木が熱く黙して目守りゐしみんみん蟬の死の三つ四つ

ははの世に肱笠雨といひしものきららに虹を立てながら降る
入り来たり机上にやすらひをれるもの思ひつめたるごとしばつたよ
蟬の腹網戸にとまり震へをり大音声に鳴きいだすまへ

蟬　嵐

命なりけり命なりけりと鳴きゐたる蟬が来てゐる網戸しづかに
黐《もち》の木が熱くもだして目守る庭に死なむと狂ふ蟬を打ちたり
逃亡路ゐがきて消してまたゐがく風の夕べの秋のうす雲
石榴もつと太れ太れと鳴きてゐし蟬みな落ちて石榴太れり
庭石榴実りをすべて地に捨ててさびしき蟻を地に走らしむ
かしこき蜂は無重力にても飛びしといふ苦しめるその螺旋飛行あはれ
新盆の母が連れ来し夜の蟬盆燈にゐてしばし鳴きたり
夜蟬一つじじつと鳴いて落ちゆきし奈落の深さわが庭にあり

蟬はしづかに死ぬものならずなき叫び狂ひ飛びつつわれを騒がす

ちちははの小さき位牌あつらへて夏の逝きたる草生のすがれ

虫眼鏡にばつたを見むとせし夏の虫籠に満ちゐしにがき虫の香

虫眼鏡にみし虫の貌たぐひなくおごそかなりきかなしといはめ

ほたて貝帆立てて走る夏の夜の潮《しほ》の幻したたりやまぬ

遊光

シベリア上空にて

シベリアの雲中をゆけば死者の魂《たま》つどひ寄るひかりあり静かに怖る

呼びても呼びても帰り来ぬ魂ひとつありきシベリアは邃《ふか》しと巫《ふ》に言はしめき

魂は雲に紛れてありと言ひて青森の巫の泣きしシベリア

忘れてしまつた歴史は思ひ出さずともぼすぽらす海峡ゆくトルコ晴れ

いすたんぶるにこほろぎ啼くをひつそりと聞きて夜半より街にしたしむ

歴史とは苦しみの嵩地下都市をくだりて深く匂ふ土あり

転向の心はいかなる時に湧くや地下都市低く暗く下りゆく

地下都市はずんずん深し産屋《うぶや》あり死の部屋あり　クオ・ヴァディス・ドミネ

大河のやうなトルコの歴史のかたはらにただ耕して生きしも歴史

晩年の浪費のごとくエーゲ海の夕日しづかに沈むまで見る

空へ空へとアテネ神殿の柱伸び風は崩壊を美しくする

キャラバンサライに秋うつすらと空気澄みてトルコを過ぎてゆきし文物　キャラバンサライにて

瘤の水さへかすかさびしきけはひする秋の駱駝はすでに発ちしか

キャラバンサライの廃墟に胡桃の木ぞ立てる机を置きて眠る人あり

うら若き駱駝は夢をみるといふキャラバンサライの胡桃の木下

アナトリアの大地ゆつたりと盛り上がり肉体感のごとき耀《て》りみゆ　コンヤにて

トルコに死にしいもうとありき夕ぐれの空憂はしきコンヤに着きぬ

ネイといふトルコの笛の退屈のさびしさに酔ふ秋のひかりに

深く愛さず

時分の花といふものいつも咲いてゐるやうな新宿の夕べのあかり
妖しくて心ぼそくて灯のともる他人ばかりの銀座うれしも
哲学のやうな男もゐなくなりみだりがはしもをみなの昼餉
夕ぐれの豆腐は籠にしづまりて深く愛さず怨むことなく
霜の夜のねざめの額《ひたひ》あなさびし一念深きをんなの額
小さなる黒き玉芽を結びつつ考へてゐる水木のひかり

はや遊離せず

母死にてわれにすこやかさ甦るさびしくもあるか蓬萌ゆるは
水のゐがく渦にゆつたりと身をまかせ死ぬ舞を舞ふこころよきなり
われに問ふな思ひ出といふ逃亡路あを空のごとあらはれはじむ
仁徳記より寒泉を汲みて走りくる船の「枯野」はいづこまで来し

冬が近づき春が近づきことごとく過ぎ去り原風景として老いそめむ

日本海抱きてなほもなぐさまぬ雄ごころのごとき庄内の雪

風かよふ枯林に蛇らまだ眠りしづかに広がる植物のゆめ

昔かな昔なれども母と吾に春の青星こぼしし梢

もも長に寝《い》ねて思へる冬眠の蛇にほのかにヒヤシンス萌ゆ

乙女座の春の男の一絃琴深い奈落があるやうに鳴る

肉体は眠りたけれどふかしぎの精神に花咲く夜の怖れあり

蕾もつ椿ゆらりと立ち上がり春深む鬱情のサインを送る

幸ひは住まぬと誰も知つてゐる山のあなたに行きて仕事す

天竺からみれば第三セクターのやうな大和のほとけほほゑむ

風　景

風光への感情の渦も遠くなりちからなし和歌の浦も死なんとしをり

ゆく春にもう追ひつけぬ和歌の浦のこと教へたし芭蕉先生

風景は沈黙といふ智恵をもつあらたまりあらたまり今日に及ぶを

トラックの軟派硬派の春の顔なぜか歌麿と助六とゐる

犬の尾はふさふさひかり猫の尾は玉のごときが似合ふ春の日

斉明四年霜月青の海と空　人は椎の葉に飯を置きたり

椎の香はその彼方より重々と死者の言伝て運ぶ　有間よ

熊楠の墓に一枝桜挿し冒瀆のごと抒情曇れり

熊楠の晩年さびしかりしこと春の水しづか注ぎまつらん

マンゴーを食べてけむりのやうな息吐きたりふるさとに老いしひとりは

胡獱《とど》食みし大祖父《おほおぢ》ありてとど屋ありその胡獱百年飾られてあり

胡獱の海ありて胡獱なき一世紀胡獱はしづかに食み尽くされし

五月来て青いアスパラ皿に盛る空腹のやうな孤独うれしも

大盞花落ちて光の風ゆきぬ錯誤なるべし愛とはいつも

ベランダに鳩のドラマを見てあれば求愛はじつに長き刻かく

何しかもわが思ふ子の来たらぬと夕道に聞けば罪深し子は

虫　暦

雨にやや疲れ深まる夕ぐれの虚無の思ひの涼しき畳

懐疑といふ暗き知力に憧れし若き日の雨に咲きし梔子

大杉栄が『昆虫記』訳しゐしといふ静かなる梅雨の夕ぐれ思ふ

またたびに草かげろふが飛ぶ昼のしゆんしゆん青い夏の日輪

蟻がする奴隷狩あり梅雨晴れの大地は熱く奴隷列なす

苔の香が今日はひときはさびしくて雨をみてゐる青いかまきり

千葉の茂原にひめはるぜみが鳴きしこと美しき事件のごとく伝へ来《く》

亡き魂が群れゆく森の梢ありこずゑゆらぎて栗の香洩るる

腐草ほたるとなりてかがやく夜なればうたたさびしく水は甘いぞ
ほたる滅びてほたる袋はほの白しひと日さやさやと雨に揺れたり
虫めづる姫の雨彦やすでまろわが庭にゐて長雨晴れず
ほととぎすまた鳴いてゐるあかつきの電信柱苦しからまし
柚子の花ふさふさ咲いて白ければ昔の母のにほひただよふ
庭にゐし蛇はことしの庭にゐずしんしんと栗の香の噴けるのみ
上着脱ぎてゆく街若葉こまやかにおひるやすみといふひかりもつ
隣り家の美食の犬は肝を病み向ひは円形脱毛を病む
鯉のぼり窓に飼はるる一鉢のメダカに空を教へてゐたり
ビールの泡冷えて青やかな夕ぐれの静かな静かな失踪願望
年々に忘れず青い夕ぐれのくちなしの咲くころの感情
少女らは氷を舐めて座りをり雨止むまでのももいろの舌

ネオンテトラ捕食しさうな白き根がガラス器にゐて雨深き夜

飛種

色なき風身にしむといひし秋の朝の青幹の桐白幹の樺

左青森右下北の秋の潮ざざつと零しほたて上がれり

青森の野辺地《のへち》の海の帆立貝海を走るときききて見に来し

飛びつくす芒種音なき烏帽子岳の山原に吾れと秋と燃えをり

鴨来たり白鳥来たり鶴来たるかがやく水を故旧となして

近代はもうはじまるを北辺の鳥居平《とりゐたひ》にたたかひし津軽と南部

はやりかに秋の心はありければまんじゆしやげ赤く犬は走れり

水切石飛ばしくらべよ飛ぶひかりきらきらとしてふつと沈むを

闘魚のもつ闘争性は何による水越しにつらい男がみてゐる

腹を据ゑるといふ男らの声は行きどこかつまらなく生きるに似たり

種飛ばすもの何々ぞ吾庭には鶏頭深く怒りて立てり
しんかんと胡麻刈りばたけ陽に匂ひ種を叩けりさびしくもあるか
赤とんぼ黄とんぼ少し青とんぼしほとよばれて漂ひゆけり
白露虫と古き日ははが哀れみし青羽かげろふ庭に来てゐる
父の忌のすがた小暗き鉦叩虫《かねたたき》つゆけき巡礼の旅かへり来ぬ
力芝鋭くみのり人間は軽い存在の時代よろこぶ
蝗《いなご》といふ黒い小さな影たちを閉ぢこめ持ちし袋恋しき
秋風は過去の索引そのなかに萩咲けば萩は思ひ出づらむ
敏鷹《はしたか》の野に飛ぶ草架蜘蛛の糸夕ぐれ白き蕎麦倒しの風

青《せい》椿《ちん》抄《せう》

抄　一四七首

海鞘

海鞘食みてはじめてうまし咽喉ごしに香りて深く酒は沁むなり

若くかなしき潮の香のする軟体の体液に浸し海鞘は食むもの

老妓来て海鞘の小角《をづぬ》の陰陽のしるしを教ふをかしかりけり

「海鞘のつまの貽《い》ずし」といふは何なりしうましきはややにみだりがはしも

北の海の岩礁《いくり》に棲むと聞くときのほのくれなゐの海鞘の軟体

風更《ふ》けて星遊ぶ濃きひかりあり海鞘食みてこそみちのくの酒

あづまびとまして京びと海鞘ぎらひ軟体は海鼠をもて上となす

幾たびか拒みきし海鞘年を経て今宵の酒にたぐひてあるも

海鞘食みてのみどよろこぶ長夜《ながよ》にてみちのくにまた酒の友増《ふ》ゆ

帰り来て海鞘を語ればみちのくのよもつ竈食《へぐ》ひのまがごとに似る

八戸の美味無上なる海鞘のこと夢か夢ぞと友らゆるさず

海鞘食みしのみど明るみ海に棲む人魚の寝覚《ねざめ》恋ほしみゐたり
群るるとも個は個にありて野生馬の色の暮れゆく都井岬の秋
丘の空に馬七つ八つ黒くゐて都井岬夕ぐれを沈黙す
野生馬は岬山《さきやま》の草を音たててむしり食みつつ人見ざるなり

都井岬にて

柊　花

柊は将棋の駒になるといふなるといふこと楽し花咲く
深き深き疲れの淵に沈みゆくある日の身には心なかりき
北海の鮭切るときの出刃一つ三重に包める布より出だす
凍れればそのはらごも凍りゐて胸のほらよりほとりと出づる
塩打てばはららごは光り発色せり生くるみなもとの塩ぞと思ふ
植木屋はわれを頼めて来ぬ男ぼうたん植ゑにまだまだ来ない
青森の林檎傷負ひ来たりたりかなしみて食むその深き蜜

針の穴しばしばのぞく辛辣な批評のやうに糸に貫くため

冬に移ろふ

やめろやめろと叫びつつ少年ら夕焼けにやめずしてゐることのおもしろ
秋の日の大かたつむりのどやかに舞ひ出でて昼顔の花狂ひたり
忘れつつこころ和ぎゆく人間の不熟を笑ひ実る無花果
横たはり見れば世のこと安らかに暮れゆくものか空といふもの
天老は鬼天狼は星ながらもろともにさびし冬の夜の闇
物思ふ心は深くつやめきて枇杷の花見むとすれば満月

水神のくぼ

多摩水系鶴見水系分かされの水神のくぼのほろびあらはる
おろしたる鮭に塩打ち赤らめるししむらのことかなしみにけり
キャッチボールの声帰りゆきたちまちに枯野あらはる夕映えのなか

ほとけとふ大きなるものありし世の春のほのけきほとけの座萌ゆ

幼子の手はふくらかにひらかれて真椿の美しき命あらはる

眼

暖かき師走の墓に竜のひげうれしげに竜の玉をかくせり

猩々木そのくれなゐに触れたれば冬のいのちはかそか冷たし

眼球は闇にやすらぐをよろこべりぬばたまの布に眼をつつみやる

まなこより病ひは生るる冬の夜の椿しげれる暗さに近く

隠り口の水沼青沼みどろ沼濁れるもののたぐひか眼《まなこ》

名古屋は雨東北は雪夜に入りて歌よむ武州柿生こがらし

裏庭に大鋏錆びてゐたりしが冬のひかりに鈍く笑へり

蛸と椿

春近き潮とほり過ぎ蛸壺の蛸のゆめ二三本足をこぼせり

水槽に八足《やつあし》ひろげ平《ひら》ぎゐし怪異のごとき蛸食ひにけり
雪晴れは藍に昏れそめ海鮮料理店の蛸の水槽蛸ひとつ消ゆ
蛸はみるまろくかぐろく陰惨にわたつみの底をみし眼もてみる
人間はいかなる怪異あざあざと蛸切りて食ふを蛸はみてゐる
わが家の向う三軒片隣犬鳴かすゆゑ夕焼激《たぎ》る

椿の庭

髪を切る女髭切る男ゐて春の速度のなかの花やぎ
父の遺産のうちなる青蛇蟇の輩《とも》そと椿散る土の香に醒む
思ひ出といふ非力の味方ひつそりと心のすみにつむ春の雪
泣くにやあらむ「野守」の鬼の前シテの昔のゆめに椿ほと咲く
後見の紺の包みをこぼれつつあな美《くは》し鬼の赤頭《あかがしら》とは
鬼のもつ一心浄玻璃の鏡にはほたほた赤い椿散るのみ

野あそび

人生はだんだん機嫌わるきもの桜はちりてまなこ衰ふ
花咲けば欲《ほ》うしやあをき草団子のどかにひとり食うぶる昼を
ひばり上がる野もなくなりて人生をうらがなしともうたふことなし
手塩といふやさしき味をむすびたる越のしら飯《いひ》野にかがやかす
にぎりめしうつむきて食む春の野に食むといふこと自愛に似たり
青葉濃き夜の感情に吹きしをるこころのありて笛は愛《かな》しも
椿に降るかたびらゆきを教へたるひとは越後の弓引く男
左沢《あてらざは》の越冬林檎味まして弥生うぶすなの水を匂はす

さくら咲くころ

平成四年二月、親友の喜多桂子さんが亡くなった。
喜多流宗家の節世夫人で、学生時代からの親友だった。

インクの香藍のにがみの緊りゐし恋しさや淡きさくら咲くころ

死者なれば再《ま》たあふことなき当然をさくらしづかに咲けば悲しむ

能の家うつたうしくて咲く花のかならずほほゑみて君は在りしか

学歴につづく経歴妻といふ一字あるのみの幸ひのこと

春の雨濃く暗く降る一日のはてに小さく啼きたり犬は

かたつむりしんねり冷えて竹を這ふ一つぶの小さき意志のしづかさ

スポイトにインク吸ひ上げ不可能の深さ知らざりし春灯の下

花咲きて何かがかへつて来たやうな魂うかれする花はちからか

よき声を保たむとして食むうなぎ明日は夕顔の女舞ふべし

青笛

――近江草津の北川英さんより、亡き夫君遺愛の笛を賜う

青玉の小さきをかかげうらがなし沙羅は咲かむと思ふ若しも

まなこ暗くあり経しひまにさくら山ひとつなくなり空満ちてきぬ

春少し残る近江の旅に開く駅弁の中のさくら大福
熱心にいふとき胸に手を当つる男友達ゐて夏は来ぬ
塀といふ境を越えて咲く花の一つにて猫の恋ほの白し
五月《さつき》まつ夕ぐれ長くなつかしくだあれもゐない時間たのしむ
笛や笛つづらさは巻きさ身なしの裡《うち》くれなゐの一管のこゑ
近江路を笛得て帰る夕ひかり〈湖水〉と名づけ横たへ抱く
亡き夫の形見の笛に白妙の笛衣《ふえぎぬ》着せて賜ひけらずや
はつ夏の一管の笛夜じめりののちよく鳴りて抒情せりけり
蟬折《せみをれ》といふ笛ありき兵乱の炎に紛れ出づることなし
父ひとり地震《なゐ》の夜明けに死なせしを折ふしに思へば青葉しげれる

蛇梅雨

沙羅の枝に蛇脱ぎし衣ひそとして一夜をとめとなりゆきしもの

一夏に二度ほどは会ふ蛇の眼の困却に似て急がず隠る

黒き袋に蛇入れて死のプロセスの推理さびしみ捨てにゆくなり

枇杷の葉に夏の力の生まれつついぶせく梅雨のあめに濡れゐる

フライドチキンの電飾ともり空腹に似しさびしさが澄んでソフトに

しやんしやんと山のかはづの啼く夜の更けて静けき大雨情報

亡き父が吾を呼ぶ声に二夜醒むしんしんと梅雨のあめ深きのみ

垣越えて隣りに咲きし白薔薇の大花つくづく犬に見られつ

セブンイレブンはつなつの灯の青きなか名もなく清く美《は》しき若もの

したきことしたくなきことしなければならぬこと増え夏の翳濃し

望《ばう》雲《うん》騅《すい》ゆかず騅ゆかず夏雲の大きく湧けば挫折のごとし

馬《ば》嵬《くわい》坡《は》下《か》泥土の闇の深さもてずずつと深し糠味噌の桶

青い夕べに

三輪山に椿の磐座《いはくら》といふものありふと思ひまた梅雨深く忘る

大盞の花一夜《ひとよ》咲き白妙の香を放つこそわが迷ひなれ

身力の衰へて青き夕ぐれに思ふうら若きちちははの家

夕ぐれを鈍行にゆるる空の初夏帰る家なきごとき涼しさ

まだ白き小蛇をりをり遊びゐて吊鐘草の咲く日近づく

夏至近き星ほのぼのと天にゐて物思はであれば心さびしも

みちのくの鉄鈴来たり六月の一点澄めりさびしくもあるか

六月《みなつき》の無為無策なる受身なる忙中の閑沙羅すべて散る

うみねこは幼くあれば羽くろし一生《ひとよ》啼くべきその声あはれ

海にも灯貯木場にも灯の入りてわれにかもめのこころが灯る

糸をもて引き合ふ力水底の藻鮒は老いしものに捕はる

釣堀の水の匂ひに川魚の匂ひうつりて秋立つあはれ

秋の日の土佐の高知の堀ばたの夕風に売るくらしの刃物
虎杖の塩漬買へばふしぎなる恋しさぞ戦後飢ゑたる記憶
ふるふると尾を打ちふりてそんなにもひたきよ命さびしきか冬
蜂は死に蜂の巣はもち去られたり新年の陽はそのあとに射す

薔薇の季

古き井戸覗けば若きわれのゐていまの心を覗かんとせし
新しき墓園麗日かがやかにざうり虫ぞくりぞくり生《あ》れゐつ
向《むかひ》が丘虹立ちやすく柿生坂虹立つことなし春も終りぬ
外国をみしこと罪と定めたる梅雨深き祖国大黒屋見き
春布団ふくらめるだけふくらみてさくらの花もちりつくしたり
いつかみし羽黒の奥の姥百合のまつさをさをの春の屹立
いづかたぞ黄金《こがね》咲く庭あるやうな桃色香月季《かうげつき》とふ江戸の薔薇

花散りて五月物の芽青き日の芦雪《ろせつ》の薔薇《さうび》若冲《じやくちゆう》の薔薇《ばら》

鴉数羽黒きビニール裂きゐしが静かなる迫力に吾を見つ

稚児車もうさびしくてやりきれぬ光となりて咲きてしまへり

ある夜は時間がどつと過ぎてゆき花をなくしたちんぐるま群

梅雨の森大きくゆれてびしよびしよの山百合の花ゆらぎいでたり

一夜にて青紫蘇を食みつくしたる虫見むとすれどかぐはしきのみ

多摩川に芦茎太く立ち上がり弾道を切るごとし夏至の虻

恐竜展出づる酷暑の夕ぐれを尾のなき二足歩行者あはれ

さまざまな瓶の液体日々吸ひて生きをる顔の皮膚の妖しさ

乱雑のきはまりたれば夏はての机辺より青蛾ひとつ生まれつ

鬼剣舞の夜

まつくらくらのうつつを負ひて剣舞《けんばい》の鬼は高黍を押し分けにけり

鬼剣舞《おにけんばい》なむあみだぶつみちのくに古き亡者のたたかひのこる
稚い死者の悲しみは深くありければ鬼らその衣を背《せな》に負ひたり
鬼剣舞どうどどうとくれなゐはいたく黐し舞ふのに候
鬼舞ひて草に倒れし鬼の身ゆ水漬く屍のごとき汗あゆ
鬼を舞ふはらから遠く見てゐしが幼な子はふと泣きいだしたり

夏の尾

大いなる虹の脚深く海に入り選択肢とふひとつさびしも
複葉機のかたち思へば縹渺と琴の音の湧く空間抱く
胡麻入りぱんひとりの食の香ばしき秋をうつせり今朝の鏡は
あめんばう輪をもてコールするといふついついつーい打ちかさなれり
さまざまな愛の動機に思ひ到り尽きねば手力をもて石榴裂く
いのち深くあたたかきところにをとめごのゆめありしことしだいに忘る

老いびとはわかつてもらへぬ心もちキャベツ畑にまた種子をまく

透明の胴

草の原吹きちぎり離陸せしヘリの透明の胴の中にゐるわれ

高度上げてヘリコプター光りはじめたり透きとほる繭としてわれは翔ぶ

高度八〇〇くらゐがなつかしヘリコプターやや傾きて大江山越ゆ

ヘリポート見えてしばしは鷹のごと海を傾け空にゐるなり

眼下の海ふくらんできて傾いて着水の鳥黄の足を出す

繭の眠り

鬱然たるあこがれとして繁る木の根元にゆきて犬は尿《ゆまり》す

コンサートにあるじいでゆきし夜の彼方みればしづかに初雪となる

青《あを》い夜《よる》のことば

抄　一六七首

青い奈落

ほぼつひの抵抗体としてのこる吾れといふこの笑止なるもの

横たはり物思ふこと多くなる身体髪膚みな翳りきつ

話題として楽しきならん献体の屍は痩せたるを上とするとぞ

まれびとの我れ額合はする鬼の面鼻欠け角欠け憤怒すあはれ

思ひ出すことも忘れてゐるやうな小さな愛のことか芽柳

海といふ青い奈落のなつかしさ近づくやうに冬は来るなり

海螢沈《しづ》ける海に行くことなし古き情念のひかりそめずや

歎きつつひとり寝る夜の奔放の感情はうねり力ありけむ

かなはざる思ひのごとくしんみりと花の芽欠きしこと言ひ出づる

馬に乗りけりその大きさとやさしさの手より心にしみ入るやうな

あたたかきぶあつき体にふれしめて少し不似合に馬の眸がみる

紺碧の空あらはれて笑ひ茸みにゆく人のうしろにつづく
木のごんずい人間の役に立たざれど朱果漆黒の種子を抱きしむ
しんみりと枯れ菊の香の中にある日本ぎらひ日本びいき
追ひつめられて川に入る夢久しく見ず差し延べらるる大き手も見ず
冬の夜の夢にのみ見る中尊寺の白き大日《だいにち》のあはれ涙目
日面《ひおもて》に枇杷の花咲き冬至る忘却ののちの愛のごとくに
女子フィギュアの丸きおしりをみてありてしばしほのぼのと灯れり夫は
夜の車窓のさまざまの顔その中に死者と別れしわが顔の皺
遠き日の愛のことといはば笑ひなむチューリップ咲き乱るる気配
満開の桜の夜能しづもりて熊坂長範討たれたりけり
大盗の熊坂も討たれ能はてぬただよひ出づる夜桜のやみ
まにあはぬことばかりなり山鳩の鳴けば〈せぬひま〉のことも大切

さくら雨すこし打ち散り百代の過客となりし鳳蝶みえず　悼　野澤節子さん
さくら散る橋をわたりてゆきしかな誰もわたらぬ橋なりきかし

よあけのやうに

鉢ごと捨てた紫てつせんハライソの爽昧《よあけ》のやうに甦りゐつ
ヨーグルト掬ふころ朝はまだ淡くなつかしいやうな表情でゐる
薔薇の色蜜蜂のために明るしと夕やみに聞けば幸ひ深し
アマゾネスのやうなむき出しの肌ひかり夏が乗り込む赤い地下鉄
死ぬためにビルのパテオに放たれる螢のひかりにじんで小雨
人帰しまた仕事する夜の更けの濃き情念のごときあぢさゐ
ほととぎす今年激しき世紀末和歌史を超えて電柱に啼く
いきほひて何か隠してゐるやうな真葛の力熱く迫り来
山鳩の頭に耳のかたちあらば恐ろしからん日日庭にゐる

雨ゆきて明るく明るく枇杷みのり鴉一つづつ枇杷とりにくる
夏深し迅速の力衰へしわれを知る白き朝顔のかぜ

西班牙

あつといふまに雲後に沈む日本のさびしさとして海光りゐる
肥えて思ふエステ日本やさしけれ精神はかすか無に近づくを
歌は癒しおもしろうしていつしかに見えずなりたる心の癒し
モスクワ空港彼方の疎林に雪降るころ降りたしツルゲーネフを恋びととして
遠い記憶の底に澄むかな宣教師ザビエルが泣きし日本の食《じき》
いすぱあにあ——はるかなるものを呼ぶときの葡萄の香り薄雲の肌
ただ孤なるみなし子のやうなるザビエルの心乗せたる秋の雲ゆく
日本史の粛然とせる失念に影のごとザビエルに添ひしヤジロー
西班牙より見ればヤジローとザビエルの対座の秋の無月邃《ふか》しも

逃亡者ヤジローの海灼けるほど熱き黙秘の塩したたらす
ジパングは感傷深き小さき人マドリッドにアカシアの花浴びてをり
十六世紀の虚空の青の深《ふか》ん処《ど》に坐して洗礼の日の支倉《はせくら》居たり
オリーブを竿に落してゐる二人紀元前からずつとかうして
燕だらけのトレドの小路昼深く青きオリーブに塩は凝れり
大聖堂ほのかに見えて犇きて人々地獄小路に住めり
グラナダに徴税吏たりしセルバンテスのはるかなる悲《ひ》にサングリア献杯
クワダルキビルの川上にハポンの街ありと指さす見れば心は騒ぐ
コルドバの赤きワインに透かし見るネロを去りたる愁ひのセネカ
ソムリエはネロのセネカを知らざりき昼餐の質朴なかぢきまぐろよ
まだ少し騒がしきもの好きなれば葡萄牙まで海を見にゆく
慶長使節の支倉は老いて秘むれども夢に大西洋かがやけり一生

支倉の老いの寝ざめに聖楽の幻聴澄むと誰か伝へし

大枯野

夕顔の咲く声あらばみをばぞと思ふべし空に問ふばかりなる
きみ死にて滅びしもののかずかずのなかのわが母あはれなるかな
わがみ叔母みまかりてわが小さなるポシェットよりぞ火打石消ゆ
病む父が花とよびゐし死のことを椿咲く日は思ひて黙す
庭なかにありし二十の蟬の穴うつすらと初雪の降りしづみゆく
ライオンのセーターを着し乙女子のあはれいそいそと人に寄り添ふ
鴫や鴫夕日の水にクと鳴きて沈む遊びにふけりてゐるも
乗りちがへたり眼ざむれば大枯野帰ることなきごとく広がる
をとめごは淡き石鹼の香をこぼし秋のもなかの席を譲れり
みどり葉のくれなゐとなるまでの色さびしき幸福感に木は立ちつくす

ピラカンサ激しく食ひて食ひはてぬ羽青き鳥も冬ざれに入る

夕冷えの水にゐる鷺青小鷺ひもじきものはまたたきもせず

ステットラー氏厨房にあり詩のごときチョコレートのためスイスは小雪

冷凍庫の巨峰に霜降りたちまちにをとめ老いゆくあしたあるべし

剣豪の敗れたるのち静かなる渚残りて雪降りにけむ

あの人といふかすかなる疎隔感こころよければ話はづめり

あな悲し声に啼くなる白鳥の吹雪《ふき》に汚るる色をみて立つ

白鳥の羽に積れば羽よりも雪はかすかに重き灰色

餌足らはぬ白鳥の群流れ去るその声大吹雪《おほふき》の岸にとどけり

緩ぶ

やはらかき雪後の陽ざしいにしへは艶書合《けさうぶみあはせ》とふエネルギーありき

春日ざし車窓にあふれ髪しげる森に眠れるをとめの重み

青幹にまだら雲紋かがやかせ目覚めたり玉芽噴く榠樝の樹
椿の蜜甘く杏の蜜酸ゆくまがなしきこと鶫は知る
衿のあたり桜の匂ひする風の過ぎて魂ゆるむ声する
老骨のいづくか歪むシテの舞式子内親王恋に悩めり
水底にうつぼしろじろ寝《い》ねたるをさくら咲く日に見むと入りゆく
水槽に沈めるうつぼ冷え冷えと青濁りたり春の愁ひに
真葛の手われを捉へんとする道あり心うごきて幾たびか過ぐ
恐竜の尾ととかげの尾ちがふこと教へてくれて小さき隣人
ほたる籠遠き夏の死秘むるごと幼きものは手に提げてゐる
明るい星に添ひて暗星《くらぼし》と呼ばるるあり楠の芽吹きのかぐはしき夜を
楽しいこともう無くなつていいころと思へば母の日といふも忘れつ
桃植ゑて桃太郎の子孫ばかりなる桃太郎の国の鬼《き》の城《じやう》に来つ

口結ぶ一つ一つの口の中ことばのやみの濡れてあるらむ
黄櫨《はぜ》も楠も百合の木も匂ふ息吐けり人体はにがき重き息吐く

遠街

ゆりかもめ号無人車に初夏の空高しまつさらな未来都市の風冷《かざび》え
銀座・新橋に朝はかすかな海風《うみかぜ》あり水のやうなる柳の若さ
翼《つばさ》の日つばめ翫る東京港リンドバーグのころまでが海
新橋の土鳩汚れてささくれてああ人間はいやだといへり
お台場に蝦蛄《しゃこ》釣りし日の海の風誰の記憶にもなくて吾がもつ
少女群れてあの子がいいと荒《あら》らけき言葉に愛するをのこ子《ご》いづこ
どこまでも空に向かひてゆきたきに終着駅より海は広がる
むかしなる木場の木乗りの留さんの紺匂ふかとわれは見に来つ
虚妄のやうな明るさにぐんぐん近づいて人工渚の街に降りたつ

老女ゐて小さな犬をバスケットより取り出し愛玩す水上バスにて
遠眼鏡にペリーが船より見たるもの『遠征記』にありや白い朝顔
精神が溶けて緩びてゐるやうなソフトクリームになだめられゐつ
ただ人は情あれとは中つ世のしんじつさびしい遊女のことば
埋め立てて海の香淡き未来都市新しき廃墟の貌《かほ》に暮れそむ
夕灯《とも》す銀座八丁きらきらと澄みて水蛇の泳ぐと思ふ
かへりみて他を言ふ時のよろこびにつつく肉鍋じんじん煮える
内省の淵ありといはば笑ふべしああ情況は他を言へば足る
生活のわれの現場の片隅に殺さずにおけばなめくぢ太る
わが庭にぼうたんの炎《ひ》の咲くみれば一心にして蟻が上《のぼ》れり
暁の雨を弾きて力あることしの牡丹に虻飼はれをり
しばし咲かであれかしと思へど緋の牡丹雨に大きく開きて笑ふ

白牡丹ひとつは真夜《まよ》も咲きたちてあやに静かに物言ひにけむ

夜半に落ちて朝なき牡丹みて立てり思ひ切るとは忘るるならず

春過ぎてゆるぶ心に啼く鳥のいいよいいよとひびくならずや

夏の身辺一匹の虫なきいさぎよさ虫殺しびとの食ふ大西瓜

切れつぱなし

塵芥車すぎて洗浄されし道に這ひ存らへて団子虫行く

落雷の変電所よりひたしくる闇に沈みて見る白鳥座

手紙ぎらひ手つづきぎらひ電話ぎらひ切れつぱなしの絆さびしも

雨に釣る万策尽きて雨に釣るそんなかなしみなきや多摩川

じゆわんさまの島

長崎平戸に生月島あり。隠れ切支丹の人々多し。隠れ切支丹はかそりつくならず、殉教の祖に殉ずるこころざしの人々なり。

生月《いきつき》の摩利耶は繊き月の上幼きものを抱き孤立す

近代的なるかなしみの銀ふところに沈むと思へ古きオラショは

隠れ切支丹の紋服姿つつましきオラショを聞けば痛し心は

足曲げて坐る姿のこんもりと打ち揃ひころばざりしオラショよ

コスモスをやはらやはらに分け過ぎて〝参らうやあナぱらいその寺へ〟

そと開《あ》けてたもうれ納戸の隙間よりまありあさまの稚児《ちご》が笑むとぞ

夕凪の平戸かすみて安満岳《やすまんだけ》の見て来しことは誰れも知らない

四百年秘めし力に浄まりて稚児抱くまありあさまの丸髷

だんじくさまのまつりに梨の実をもちて白い傘さし来しひとは誰れ

しばた山涙の谷の殉教のだんじくさまは雨に泣くとぞ

明るい海秋の照降雨《そばへ》のゆく島をぱらいそと呼ぶさびしいかなや

じゆわんさまの空にも海にも飛魚《あご》とびてをみなめは今日祈り忘れつ

青魚《あをうを》の飛ぶ海ひかりぱらいそは〝まへもうしろも汐であかするやあナ〟

海色《うみいろ》のきぬうつくしき遊冶郎《いうやらう》の姿なる基督《きりしと》をいかに信ぜし

だんじくさま……殉教者の名

じゆわんさま……殉教者のこと

隠れ切支丹思想より少し暗くして民俗のやうなる翳たたへたり

ろざりおを取り出だすとき水のごとこぼれし音のしじま震へつ

じゆわんさまと呼べば恋しき名のごとし海青ければ唇ひらく

殉教の島にしづけきうたげしてここを去ること罪のごとしも

月の山人目もあらずもみぢしてしんしんとろり夕日吸ひ込む

月山紅葉

道行沢　牡丹餅沢　風吹沢　酔ふばかりなるもみぢ陽に照る

姥沢の樺の白樺垂直のさびしさとして紅葉にまじる

椎葉の宿にのちの狩詞《かりことば》習ひにき猪裂くは神儀のごときくれなゐ

椎葉道

夕暮の鶴富屋敷に山迫るころむらむらと淋しコスモス

椎葉道曲り曲りて稗の粥待つのみの宿に吾れは運ばる

稗つきて稗粥かしぎ平家ぞと名乗りはじめし人は誰びと

阿弗利加

不愛なる赤砂《せきしや》の地平ゆめにさへ恋しからねどアトラスを越ゆ
日本人まこと小さし扶けられ沙漠を歩むその足短し
何も生まず何も与へず生かしめぬ砂のサハラの明けゆく偉大
仕合せの死不仕合せの死さまざまの死のこともサハラは見しとも言はず
沈黙す愚かにあくせく働ける日本人われ沙漠を歩む
何かかう深い哲学のぞくごと見てあればスカラべはあわてはじめぬ
日本人の味がする手を舐めてゐし山羊を叱れり遊牧少年
沙漠のやうな孤独といへば気障《きざ》ながらわれに必ず近づく予感
モロッコのスークにモモタローと呼ばれたり吾等小さき品種の女
人間は大きくあれば蠅などとたたかはずゆつたりと羊頭を吊る
食用鳩くうと鳴きたり麦食うて肥えて籠より摑み出されて
暗き灯のスークに生きてアッラーに膝まづく一食を得し幸のため

アッラーは貧しき歎きを教へざりき名工の手のぼろぼろの老い
職人のスークに一生きもの縫ふ青年の指の静かな時間
アルファァー草の山が動くとみてあればその芯に驢馬がゐてほほゑめり
蛇つかひ黒い袋に手を入れてくねる心を摑み出したり
蛇つかひの黒い袋にうごめける感情のごときうねりのちから
身のつやも失せてとぐろを巻けるもの笛吹けば怒る死ぬまで怒れ
顔憎き蛇つかひわれより銭を得てまだらの蛇に触《さや》らしめたり
アフリカの乾ける地《つち》にとぐろなすもの飼ひならし老いゆくは人

飛天《ひてん》の道《みち》

抄　一七六首

濁る

読み更かし涙眼濁る冬の夜の精神を抱く肉体あはれ
乾坤といふ大きさを忘れたる都市の濁れる巷を帰る
枇杷の花咲いても咲いても醜くて小春びよりのさびしさが湧く
まつかな足袋はかせくれたり大霜の夜のはるかなる郷愁の祖母
どこか折々光ると思ふ底冷えに天は大星小星こぼせり
去年《こぞ》のつづきを生くるほかなし大甕に太き松立て観念をせよ

ふぶく

月山湖水深一一二メートルうみづら白くふぶかせて老ゆ
即身仏の木乃伊を秘めてふぶきをる村に入りきて餅を食ひをり
神わざのごときふぶきに隠れゆくざんげ峠に立ちくらみゐき
寒河江《さがえ》川ふきに流るる鴨の声さびしき時の心に甦る

失恋の記憶に冬の寒さあり酢に浸《ひ》づる海鼠摑みいだせば
雪とよび霜とよび人の頭《づ》を飾る銀《しろがね》は静けし昼野にありて
髪長き乙女子三人《みたり》髪の毛の森に寝みだれ昼電車ゆく

咲く

新しきフライパン買はんといひたるにさ庭ましろに梅咲きゐたり
ぼろ市に雛立てりとぞいくさ世の兵隊びなのあはれ立つとぞ
春はなぜバケツをほしく思ふのかにぶくかがやくブリキのバケツ
ぼろぼろの駝鳥なりしがぼろ市の梅のほとりに春の陽を浴ぶ
ああ春はダルな緋桃のさびしさでやつて来たまま居すわつてゐる
むかし男若きちからに盗みたるをみなの香せり梅咲きにけり
ゴンドラにて上ればば沈む桜山雨に終りし別れありたり
精神を味はふやうに唇を近づけし日の静けきさくら

さくらさくら咲きてぜひなき美しさ日本的なり逃がれうべしや

呑まれた鼠

蛇に呑まれし鼠は蛇になりたれば夕べうつとりと空をみてゐる
青草はむらむらしげり多摩川に鵜の木暗黒をなして叫べり
アメリカになりたき日本をなみしつつ眉黒《まゆぐろ》にゐる金髪少年
二十一世紀になる日数へて何を待つ地下鉄に下る朝の憂鬱
二十一世紀しやらくさいとは言はざれど写楽大首《おほくび》の目は笑ひをり
花びらは葉より低温のはなやかさ触れてアゼリアの角を曲れり
多摩川の河原の鳩は登戸の駅の鳩よりその嘴《はし》鋭し

夏　闇

桃太郎と金太郎と勝負することなしされどああ少し金太郎好き
亀編んで籠編んで笹つんつんと青い翳もつ梅雨の晴れ間を

さみどりの笹の細角《ほそづの》つんつんと編めば小亀の三匹となる

葉蔭なればうれしげにしも太りゆく石榴の唇をとんぼ吸ひけり

螢の闇ゆるびて長く歩みたりあす死ぬ光われをゆたかにす

ほそながき精霊ばつたの貌のこと昼の電車に思ひ眠れり

かみ切虫井戸の辺に居ておそろしき老人のごとわれに向きをり

逃げる努力さいごまでする甲虫の脚の音枕上にさせて安らぐ

なまづ釣る竿に糸もてくくられし蛙の記憶まだ吾れに生く

風俗

喪の一団婚の一団ゆき交ひて座席定まる〝のぞみ〟のあした

「ハウス」といふ言葉なかなか理解せぬ犬をり哀れなるそのハウス見る

イヤリング・ブレスレットまたネックレス輪が揺れるとき女うれしき

揺れる輪が手玉もゆらに鳴りし日の秋のをんなの胸乳恋ほしも

土竜消えつづいて蛇も消えゆきし地に住みてわれは忘れやすきぞ
われの尾もどこかつぶれてゆく音す空母ニミッツ見る二万人
机辺より忽然として失するもの鳥雲に入るといひてなぐさむ

柿

NHKテレビ「山河憧憬」のための作品。柿生の「柿」の映像に付して。

思ひ出のやうに実つてゐる柿の夕日の色のひとりごと澄む
柿の木のかすかな声が揺れてゐる笑《わら》ひのやうなみのりの珠玉
だんだんに濃い影となり秋となり柿の冷たさじんじん深む
眠つてゐる柿醒めてゐる柿なかんづく夕陽に叫ぶ柿のくれなゐ

卒都婆小町

――友枝昭世の「卒都婆小町」からの随想

秋はただ空いちめんの鱗雲「卒都婆《そとば》小町」舞ひたる人も見るらん

物思ふ円錐ゆるる泡立草はろけしや鳥羽の恋塚ほろぶ
人老いて杖づく秋の道はあり長く歩みて幾ほどもなき
あの秋の身にしむ風を恋ふるかな小町拗ね者のごと卒都婆に坐せり
水わたる秋風澄みて笛の音となるさびしさを東洋とよぶ
水の音《ね》のやうに鼓《こ》を打つ人のゐて鶴は出水《いづみ》に来しにあらずや
千の眼が重く切なくすべもなく生きる老いびとの小町みてゐる
埋め立てし処女地の端《はな》に新しき埠頭生れゐて人一人ゐず

埠頭

着岸の船なき埠頭秋の陽を膨らませ膨らませずいと沈める
収穫のキャベツを胸に受け止めてドッジボールのやうに笑へり
キャベツ玉もぎり尽して地に置けば空は宇宙といふほどの青
収穫のはじめの一個キャベツ玉投げ上げて空に挨拶をする

キャベツ

木枯小僧

ただ一日《ひとひ》木枯小僧吹き荒れて寒く柑橘の香が残りたり
愛された記憶より愛したる記憶多しさびしくもあるか冬に入る日よ
廃園となりし幼稚園プラタナスの枯れ葉象さんの水場埋めたり
ロシアンレビューいそいそとして見にゆけりかういうの好きだつたのかこの人
ひさかたに能管の竹手に取れば忘れた春の苔の香がする
もつと寒くもつと鋭く郷愁の季節は白菜の桶凍らせよ
しづかなる夜霧はどこか気味わるき臭ひもて街をうるほしゆくも
暖冬の駅にかすかな鳩の香あり段ボールの家に人ら午睡す

はたさず

糊ききしシーツに足を伸ばすときこの世逃がれし足裏たのし
太郎冠者にみな食べられし栗の実の幸福さうなかたち恋ほしも

ワキ僧のハコビやはらかに丁寧に一生《ひとよ》歩みしごとく帰れり
歩く影ふとひとりごと聞かせたりわれはかぐはしきもの少し捨つ
匍匐訓練といふ時間ありき芋虫のやうにのたうち統べられてゐき
戦争のためにまはしし旋盤の彼方なりし未明の空ときに見ゆ
男らがめうに元気を出してゐる雪のあしたの雪かきの音
白鳥は羽搔《はが》きせりけりあかときの雛《ひひな》の夢に入りて啼きたり

雛

年々に木の花咲きてよみがへる感情ふかく雛《ひな》は黙すを
常乙女《とこをとめ》とはに死ねざる雛残り亡きをみなごの名もて呼ばれつ
日本海怒濤もてわれに迫りたる情熱のごとき一日も終る
鱧泳ぐ姿みたくて水族の館《やかた》に行けばうつぼゐにけり

「鱧と水仙」への消息

鱧と水仙のうたげありけり川獺のうたげありけりきさらぎやよひ
うなぎやとはもやはもやとあなごやのちがひ思へばぬらぬらとせる

はもやはも京の祇園会大阪の天神まつり肥えねばならぬ

五月

チューリップのやうに車内にばらけゐる逝く春よ少女のスカートと脚
小犬ほどに太りし筍《たかんな》抱き取り柔毛《にこげ》しばらく撫でてやりたり
中世の遊女の素手のやさしさですするりするりと筍を剝ぐ
青葉前線広がる丘に測量のポール立て人は丘壊すべし
動物神身に憑いてゐるといふ女新宿にゐて人を呪へり
退きて守るものなし理由なし灯に蘇るビールに急ぐ
夏のゆめに白きヒマラヤは現れたり文明はもう悪戯をやめよ
大きなる牡丹花咲きて肝太くなりゆく午《ひる》の身体髪膚

ゆめにある駅

ゆめの中だけにある駅潮騒す海に線路を越えてゆくいつも

生の半ばは夜にてそこのちよろづのゆめの一つがただまつかなり

誰もゐない坂を下ればバス停がある深い深いゆめのたそがれ

袋小路の見しらぬ家にちちははが住むゆめいちばんさびしくて見る

蛇のやうな欲望といふ蛇の欲よくわからねど人間はずるい

さつと変る場面もいいが黄色光の坂に首だけ出すゴヤの犬

蛇の中に人間がゐて人間の中に魚ゐて蛇涅槃風

電柱に鳩は見てをり植木屋が巣ごと切りたる石榴の枝を

うしろの蛇

足長蜂は遊女のごとくたをやかに囁けりつぽいなう黐《もち》の花

とどめ置きてあはれと思ふものもなき夏の夕べのスーパードライ

葡萄の花散りてま青《さを》き夕ぐれの愛のはじまるごときさびしさ

昔愛したものの一人に鬼がゐて旧交温めばやとささやく

だれかさんのうしろの蛇が好きだつた大きな紅《あか》い酔芙蓉あはれ
麦酒《むぎさけ》の泡より泡に消えゆきし面影ばかり残れり良夜
ふらここが空より風を引きおろしああコスモスが満開になる

虫のなかま

蟻を見るわれの眼いかに大きからん天の眼のごとゆくへみてゐる
人間の腕を嚙みたる大蟻は地に落ちてより慌《あわ》てはじめぬ
雨ののち一夜のみ蛙の声ありぬ遠いさびしい異変のやうに
花火はてし橋の彼方に緘黙な濁りを抱き空は傷つく
肋間にときどき痛みが走ることなきや静かなオランウータンに
朝の食器円盤のやうに鳴らししがパンとトマトと胡瓜をのせる
母似の夫母の顔してこまごまとわれに物いふふしぎなるかな
眠りの淵よりふいに大きく笑ひ出すあやしきものを夫としてをり

夕雲は静かに窓に近づきて少し眠つたのちの吾を見る
おちよぼ口してゐる石榴みしみしと太つて割れて明日《あした》は天気
死にまねをしてゐる虫あり意外なるその長き時を風呂に見てゐる
みにくく小さき虫に復活の命ありて殺ししのちの朝を這ひ出づ

鹿《しし》をどりの夜

人間《じんかん》に鹿となりゐる妖しさに胸の太鼓をどんと打ちたり
鹿をどり鹿なれば負ふ白き穂やそのゆらゆらの白を恋ふるよ
鹿の頭《づ》を己が頭にのせ歩むときわれはかすかに人を嗤へり
鹿なれば鹿は跳ぬるよ鹿をどりどろどろどんと月に跳ぬるよ
かたぶきて鹿は跳ぬるよ鹿じもの牡《を》のやみがたき恋は跳ぬるよ
鹿じもの腹這ひしもの立ち上がりみちのくの夜に太鼓打ちをり
鹿の斑《ふ》の白萩のやうなやさしさを牝鹿が嗅いでゐし夜のこと

飛天の道

蜃気楼の国のやうなる西域の飛天図を見れば夜ふけしづまる
靡くもの女は愛すうたかたの思ひのはてにひれ振りしより
風早《かざはや》の三保の松原に飛天ゐて烏魯木斉《うるむち》に帰る羽衣請へり
富士よ富士しだいに小さく日本は沈みゆき濃きスモッグに満つ
匂ふといふ色雪にあり烏魯木斉の空に天山は暮れ残りゐつ
ゴビ灘《たん》に羊を飼ひて一生《ひとよ》過ぎまた一生すぎ幾世かしらず
天山北路白楊河上風つよく霧ふぶくなか人は地を打つ
葡萄の子ぶだうの遊び西瓜の子すいくわの遊び食むといふ遊び
敦煌は棉摘みごろの驢馬の脚ゆきてはるばるまた戻りくる
敦煌の暗窟に飛天満ち満ちてその顔くらく剝落しをり
大鳴沙ゴビの砂打つ音たてて悲しむ飛天雨降らしけり

無限連続飛天は空を泳ぎゐて回遊魚の青き悲彩漂ふ

ある飛天みれば髭ある美男なり空なるほかの棲みどころなき

馬乳子《まなえず》葡萄は飛天の嬰児《あかご》やしなひて蜻蛉《あきつ》にまじるその子かなしむ

丹後風土記の小さき湖のかなしもよ老仙は樵《せう》となり飛天娶りき

李将軍の杏

鳴沙山を静かに上る秋の月砂のみを照らし来しおそろしさもつ

敦煌の杏乾びて早き秋『史記』は李将軍の杏を載せず

隴西《ろうせい》の雲暗き日の李将軍物思ひ埋めし敦煌の杏

人いまも李広《りくわう》杏《あんず》と呼ぶ杏購ひて猛将のひと生あはれや

遠景は蜃気楼とぞ陽関のかなた蹌踉と死者浮かびいづ

没法子《めいふあーず》　嗟嘆し賞嘆するここをゴビ灘《たん》と呼ぶただ砂に風

見渡せど眺むれど玉門関までのゴビ人は小さし排泄をして

鳴沙山の駱駝はわれを乗せまじとかなしげに嘶《な》く嘶けど乗るなり

なきむしの酪駝ぐわんこの驢馬そして辛抱のよい馬ら働く

西域は老仙の国太太《たいたい》の傍らにしてをとこ痩せゐつ

砂の大地

羊雲のひろがりやまぬゴビの秋玉片も骨片も砂として冷ゆ

ゴビはいまも苦しむ大地皺深し文明は行き行きてここに止まらず

火焰山みれば奇怪なり真っ赤なり畏れつつ西遊記の山裾に入る

言葉失ふ奇観の中の火焰山つひに低頭の思ひわきくる

暗窟に飛天閉ぢられ極彩の幻覚の闇を飛びし二千年

緑青の兜率天宮に近づけば樹あり人居りて唐初なりける

低く飛ぶ飛天は靴を穿きてをりまだ仙ならぬ男ぞあはれ

月牙泉に沐浴《ゆあみ》し天女風早《かざはや》の三保の浦まである日飛びたり

張騫《ちやうけん》のききし砂漠の夜想曲しんしんと人麿以前の孤独
ツービートに体ゆすりて見てあればめいめいざらりとゴビに陽は没《い》る
秋晴れは何にでもなれる思ひありされど昭君の見しゴビ沙漠
キルギスは石榴モンゴルは剣を描けりそのパオに生れてみどり児眠る
羊皮もて囲へるパオにカザフたりき老い老いて世間一切は虚仮《こけ》
みだれ髪の王母の花鈿かがやくを『山海経《せんがいきやう》』記せり崑崙の西
李白はも碧眼の説烏魯木斉《うるむち》の黄沙鳴く夜にきけば妖しも

枯野うごかず

菊立てり大がしら白くみつみつと翳しげらせておそれげもなし
冬の日の瀕死の蟷螂かま二つぎしぎしとまだ何かするらん
寒水を飲む目つむれば刑前のごとし静かな枯野うごかず
いくとせになく膝さむし邃きもの枯野かけくるかがやける雪

闇はあやなし

たしか去年《こぞ》ありし蟬穴の底までも闇はつまりて春の夜となる
春のいのちやはらかければ乗込《のっこ》みの鮒のきほひの水に濁れる
ふとん干す春の陽ざしにかすかなる塵ひかりつつはなれゆきたり
水族館の巨大水槽をめぐりゐる鯛にまじれる鰯のひかり
みのかさごまだらのかさご思ひきり鰭《ひれ》ひろげしばしわれをあはれむ
答へせぬ海鼠の口のぞよぞよと息うごくらむとはにこそ言ふな

世《せい》紀《き》

抄　一八八首

世紀

鯨の世紀恐竜の世紀いづれにも戻れぬ地球の水仙の白
松や松この頑固なる直立の香のさびしさに年ははじまる
昏れてゆく世紀の風が吹きはじめ逝く年横須賀に米艦がゐる
男返書太きがうれし女手はなぜかきまじめな楷書を恃む
初場所の角力絵にゐる百力士花やかにはだへ咲くかと思ふ
大きなるステゴサウルス小さなる頭脳もて草食の夢いかにみし
散つて散つて風の山茶花かの庭にみればおばあさんひとり残れり
しもとゆふ葛城山の雪のいろ心にあれどいづくにもなし
夕ぐれは氷下魚あぶりてさびしきにしぐれしぐれよ今宵湯豆腐

くれなゐ

山独活の太くつめたき瑞《みづ》の肌食めば亡き母また若返る

桃咲くや霞むや甲州一の宮甲斐が嶺は邃《ふか》く充ちてさびしも
鳩つひに鴨の中州を占拠せりいらいらと春の水をみてゐる
情念の過ぎたるのちのさびしさに鐘鳴らしつつゆく消防車
巷ゆくからくれなゐの消防車火事はかすかにうれしきものを
小面を受けてひたひを合せしがつひに悲しき恋を語りぬ

植物的な

榠樝の木まだらに青く脱皮する春の音なき肌ずれの音
蛇のやうに榠樝は脱皮を苦しめり桜は散りて静かなる日を
そんなふうにいはれてもかうして咲くしかないアマリリスの長い長い二ヶ月
木の深い瞑想の中にあつたのだが木蓮はだまつて雨の朝咲く
ぶらんこを天まで漕いで見る世界広すぎてもう見るちからなし
花終へしものらしづかに青ざめて低山を暗くいろどりはじむ

おそろしい時代が来るといふ予言木はただ深く花を養ふ　　悼　安部登美子さん

獅子がゐる庭

雨はれて熱き雫をしたたらす牡丹苦しめどふたたび咲かず

読谷《よみたん》の獅子《しいさぁ》がゐるうちの庭牡丹静かに咲いただけだが

こんなにも静かにチビチリガマのこと知る獅子がゐるうちの庭

恩納《おんな》嶽その向う背をアメリカに撃たせつづけて日本ほほゑむ

今帰仁《なきじん》のノロの勾玉かぐろ玉ある日わが眼に入りて世を見る

今帰仁の畔《くろ》のアダンも実るべく静かに酸性の雨を吸ひたり

雨に濡れし髪の発光する香あり絶滅のおそれある種のひとつ、ひと

沖縄の入口はここ洞窟に植物の香を放つ死者たち

空と海照らし合ひつつしんみりと沖縄を浮かべゐたり　まがなし

夏至の蛇

夏至の蛇榠樝の樹にゐて鵯《ひよ》の巣はあなありありと静かになりぬ

爬虫綱有鱗目へビ庭の樹に上りゐてかそけき舌を見せたり

エプロンに手をふくほどの時間にて雛呑まれたるきのふのうつつ

鵯《ひよ》も蛇も大切なれど取りあへず鵯助けんと女らが出る

樹の上の蛇とたたかひ放水するわわしき女のわれとそのほか

庭に立つ榠樝にほつそり寝てゐたのはこのへんの絶滅危惧種なる蛇

夜半の寝ざめに救急車の音かならずあり梔子はこんな夜にひらくらん

淡男《あはをとこ》といふ怪異の面《おもて》たまはらばしづかに鵺《ぬえ》となりて欷くべし

淡男なぜなぜ死んで淡男まことは鵺の亡魂なりき

アスファルトの路上に激しく死んでゐる蚯蚓の理由こととしも知らず

ある日ふと手より枯れゆくわれを見る麦秋の香に覚めしひかりに

草の香は父の香なればさはさはと毒だみを刈りてひとひ目眩む
かたつむりと出会ひし蟻は背に上《のぼ》り哲学のやうな静かさを見き
「そうですね」とひとまづ言ってゆっくりと反論のやうにはみせずに異論
あのひとは凄いと短く結論したまにはずるく話題をかへる
人間的葛藤うしなつてゐるのだらうかこのごろは鳥の巣のぞく悪い趣味なり
帰りきて戸袋の鵯の巣を見れば灯にきまじめに並ぶ雛ゐる
戸袋に巣づくりし鵯の雛の声立ちぎきをする梅雨の雨間《あめま》を

昼餐

薔薇園の薔薇の体温かをりたち虻生れたり人の血を欲る
花蜜に親しむはオス薔薇園に人刺す大き虻こそはメス
いまどきの虻は生れて排気ガス好むといへり駐車場の辺に
人の血を好む虫おほくはメスなれば生むちから与へてやらねばならず

生まれてすぐ働く蟻の一匹が恍惚とゐる百合に上《のぼ》りて

蟻の目がみる白い百合おそろしき宇宙のやうに香を降らせゐつ

声高でなく熟成を待つやうな茱萸の実のやうな季節だつてある

七人の侍もゐない日本の雨を踏みゆくびしよ濡れの靴

触角の先に目があるかたつむりしづかに生きてこはがりもせず

「いいですね、あれは」といへば夕暮でこの座談会終りも近い

ニホンジンはニンジンと誤植されたればあかるいニンジンたちの爆笑

今年の牡丹よくはあらねど蛇はゐて音なく影なく生きつづくらし

叩かれて土にゆるびし蛇の身の細きを見ればかなしくなりぬ

暗い実り

遺影見ればはればれと夏の笑ひせり少し遠くに旅立つやうに

悼　稲葉暁さん

人を容れず容れらるるをもいさぎよしとせずされどかぎりなくあたたかなりき

もろこしも馬もろこしも力ある青の熱さに直立したり　暗い実り

入道雲かへせかへせと呼ばへども遠ざかり灰色に入る時代みゆ

働き蟻に生まれて世界無限なり自己否定などするはずもなく

翅ひろげ怒ればその翅の下にも入り蟻まみれなる蟷螂うごく

筋を通すといふとき大方おろかしくうしろも前も男さびしうす

人間が地球からほろびてゆく世紀はじまりてじつとりと鳴く油蟬

男らは君が代に行つてしまひたり大倭《ヤマト》の恋もいよよ滅びむ

精神のいぶせくて鳴く油蟬たれゆゑに君が代の君となるひと

黒蟻の大きなるものは顎つよしその顎ゆゑにたたかひ好む

向日葵は咲きて狂ひてさびさびと醒めて孤独な蛇のこころぞ

蟬ふたつ網戸に縋り影となる交合のあとまたは死のまへ

脱獄六回の男の記録に頭を垂れて網走監獄博物館出づ　でくの坊山

生田原のでくの坊山と呼びたれば全山のもみぢ笑ひ出したり
絶望に目ざめたくなき木々の手を剪定し剪定し冬に入りたり
木々の手を伐る
街路樹はもろ立に手をかざしつつ深い灰色の冬だと叫ぶ
枇杷の梢にしろがねの花膨むをこの世もぐらのごとき時代感

中欧をゆく

色寒きあしたの風はそら鳴りすハンガリー英雄広場人なく
ハンガリー英雄広場の英雄像十四体に髭なきは無し
英雄はなべて髭濃し髭といふ男のちから女らは見る
いまの地球救ひうる一人缺けてゐる英雄広場の酸性の雨
旅人は何を見るべきただ静かなハンガリーの秋を漁夫の砦に
ドナウ川秋がすみせり漁夫の砦にたたかひし漁民のことも忘れつ
ドナウ川のひと日の風景にすぎざるをあひ群れて撮すわが身かなしも

ケンピンスキーホテルの一夜リスト流れ老女知るハンガリー動乱も夢
夫をなくせし市街戦もはるかな歴史にてドナウ川の虹をひとり見る人
歴史動く時の決断にカダールは敵でなきものは味方と言ひき
ハンガリー動乱より十年の日本にサルトルは鑿《のみ》のごとく冴えゐつ
一夜寝てプラハの街は雨ながら太虹立てり見つつ離《か》れなむ
ヴルタヴァの朝雨に立つ虹見ればかなしきかなやスメタナの祖国
切実にされどゆるやかにせんせんとゆきゆきて濃し秋のヴルタヴァ
旅人に見えざる歴史の時間あれどカレル橋雨のヴルタヴァを見す
チャスラフスカいかなる齢《よはひ》重ぬるや雨に虹立ちやすしプラハは
雨けむるカレル橋の彼方プラハ城大統領執務中の旗ありき窓
スメタナの記念館の椅子翳ふかくヴルタヴァに雨そそぐ昼なり
ウィーンの秋オペラ座に「エレクトラ」観んとして正装す日本の帯を締めたり

予言のごとく情念の深き底ひよりエレクトラ立ちて闇に激《たぎ》れる

エレクトラ熱唱する大き影ゆれてかく呪ふことわれを励ます

「エレクトラ」の幕切れに泣きて歓呼するウィーンの情熱の中にゐるわれ

カレル橋たそかれ色に青むころともし灯は影を生みたく灯《とも》る

ステンドグラスの絵図に悲しみの祈りあれどミュシャの光をわれは見てゐる

ビート聖堂にミュシャの光と影ありて聖者さびしげに瞑目したり

ステンドグラスの絵図にとこしへに苦しめる人ありそこに光とどかず

晩秋の海の深色荒磯の岩間に深く入りて泡なす

灯

過ぎて忘れ老いて忘れ死なれて忘る生きし証《あかし》のごとくに忘る

電子辞書よりふいに叫べるヒトラーのナチの声冬の夜を怯えしむ

男らはまたひそひそと寄り合ひて時代を変へてゆく顔をする

鶴光る

万羽ゐる出水《いづみ》の鶴の静寂のゆるぎもあらず夜深みたり

まな鶴の数千の羽に音たつる霰色あり湯気だちにけり

夕鶴は群翔ののち帰り来て番はんとせりかなしくもあるか

ほの青きまな鶴の尾羽吹き乱れかそかなり鶴の啼く息みゆる

ダウンコート着てゐるわれとまな鶴と相見て空の青を仰げり

鶴万羽しだいに昏れてゆく中の水の塒のひかりさびしも

鶴の見る夢はあらぬや風となり流体となり翔ぶ空の夢

世や寒きこころや薄きしらぬひの出水の鶴の万羽光るを

黒き鶴空をおほひて飛び来ればむらむらとして太陽燃ゆる

なべ鶴はまな鶴の群れにまじらはずせつせつと食みて黒き親子ぞ

鶴数千《すせん》光りて翔くる空見ればこころざしなき国の歎きす

鶴見んと犇くものを鶴は見るまな鶴は青くなべ鶴は黒く
大空に網打つごとく広がりし群鶴の下の人間の冬
子を思ふ鶴の声ぞといふ人ありさびしい声は風に紛れて

緋の鯉

三省堂のトイレに見下ろす神田川の濁りにゐたり大錦鯉
神田川濁ればかげる大鯉の緋の暗さじんわりと巷に疲る

いるか屋さんで

春の山芽吹ける背なは絶望のごとき砂礫を流してゐたり
山の木が根に抱へゐし山の土少しづつこぼし山低くなる
若狭の海に春の鮑の汐したたり桜咲くなり登美子亡きのち
いるか屋さんで逢ひませうと言ひて別れたり若狭のさくらしいんと白く
いるか屋さんに夜桜の灯がともるころ若狭の海はしづかに満ち来《く》
八百比丘尼《やほびくに》・人魚・山川登美子さへよみがへるかな小浜さくら夜

鯛のうろこ削ぐ豪快の場はきたり燦爛たり女どもわが手わざ見よ
われにまかせよ雑言悪口《あっく》奔放に桜鯛のうろこ削ぎをはるまで

雲紋

雲紋を脱いでも脱いでも雲紋の膚みづみづと立てり榠樝は
危座・正座・起座・脆座そして気障すこし椿の深い紅に酔ふ
ぼたん静かにつぼみやしなふ傍らにとかげ静かに春を待ちゐつ
さくらもう七分は散つて蛇屋さんのウインドーに碧い蛇が見てゐる
木はつねにそこに立てるを倚りそひて物おもふことも久しく忘る
その心知れどしばらく目をつぶる花終る夜の老獪として

年表

二十世紀を年表に見れば苦悩する人と国家との軋轢無尽
実在か非在かなどとそんなこと胸にゐるわが鬼こそはわれ

少女のいふ「やつちやう」「食べちやう」「愛しちやう」「ちやう」とふ品詞分解してよ
業平の恋人だつたかきつばたうちにも一本生えてゐるなり
未知の翁に逢ふといふ占気味わるし出会へば乙女と連れ立てる夫
南蛮屛風に描かれし船室に横たはり細目で日本を見てゐる男
たらちねの母が飼ふ蚕《こ》の滅びたる繭屋見に来るどやどやとひと
味噌汁にテーゼあり大根の千六本青葉の頃の薄いしよつぱさ
上善は水のごとしといへばただ酒《しゅ》のさびしさのごとし老子よ
アスパラガス二つに切つて音もなきその切りごこち光ると思ふ
霧豆を箸に挾めば信濃路の朝の二輛の連結車見ゆ
京ことば「ちやうのとちやうか」とやはらかし指摘されゐてどこかうれしい

棋　譜

貴人《きにん》黒石を持つべしといへり盤上に黒は静かにて予兆のごとし

不吉なるごとく三劫《さんこふ》のあらはるる雨夜更けたりひとり碁にして

みなごろしに勝ちたる盤上に笑ひ湧けば国中の桜散るけはひする

「碁」といふ能ありて空蟬がいまも打つ中川の宿の夜の色みゆ

紫式部がたましひ見ゆるといひし碁をそと習ひをり夜更けてひとり

盤上に四季の位のありといへば一隅に白き雪の石置く

一手まづ天元《てんげん》に打つ古き棋譜広量にして意《こころ》にかなふ

われは碁を打たずつくづく見てをりぬひとひ青葉の中なる苦闘

節木のごとき手よと思ひてつつしめば節木しわしわと物言ひにけり

切るべきところ切らざる石を残しつつ死地を歩める人を見てゐる

御前碁の棋譜さはらかに情緒あり百手越ゆれば地獄のごとし

五月切《せつ》に物の切《き》りたし刃研ぎたし胸の中まで青葉茂るを

人はみな鳩をながめて憩へるや鳩はするどく飢ゑてゐたるを

都市はもう混沌として人間はみそらーめんのやうなかなしみ

狂つた時計

狂つてしまつた時計の蓋を明けてみる狂へるものはみしみしと濃し

運河暗く熱く煮え入る橋の上ムンクよ日本は誰も叫ばず

旅鞄あければ温泉まんぢゆうと芭蕉とゐたり芭蕉ほほゑむ

鯉切りてその腹中の箇潔をかなしみにけり熱暑渦巻く

人間がうばゆりなどと呼ぶからに笑つて姥ゆりの顔をして咲く

獅子うど姥ゆりの族《ぞう》あをあをと沈思する夏のほとりを過ぎる

はつ花も姥ゆりなれば姥なれば羽黒の谷に月を見てゐる

思ひ出は人に残りて移りゆく風景の中の一筋の橋

ベランダに月ぞさやけきと手を広ぐ秋風きよく齢ふかまる

旅にゆく人はよき顔してゐたり空飛ぶ前のかすかなる未知

層雲峡にて

黒岳に霧動きつつ雲となる無辺にかへるちから静けく
黒岳の麓は薄日なかほどは霙いただきは狐ゐて雪
大雪《だいせつ》のゆたかなる湯に身を沈め夜を啼くとふ狐思へり
白樺はおそろしいまで白くして白樺だけが生きてゐる大地
ちちははの声かと思ふ振り向けば白樺林にぞつと陽の入る
白樺だけの音なき無限の怖しさ射し入りて夕陽がひらいて見せぬ
夕暮は心を奪《と》りに来るものあり白樺の林ややにおそろし
白樺の黄葉《きいば》きららに陽は揺れてかかる時つねに亡き母笑ふ
ぶだう棚の下に死にゐる秋の蜂にしばし添ひゐし蜂も消えたり
梨の木の青松虫も死にたれば書を読まん蜜のごと夜をこめて
林檎の水しづかに重くなるころの信濃の山や青森の海

解　説　——覚醒者の孤独

穂村　弘

いつだったか何かの拍子に、そういえば女性の表情には苦笑いというものが見当たらない、と思ったことがある。知り合いを思い浮かべても、苦笑いの顔が想像できるのは男性ばかりなのだ。

そんなことをしばらく考えながら、でも例外はあるな、と気がついた。馬場あき子さんだ。実際には馬場さんのそういう表情をみたことはない筈なのに、何故か想像できそうなのだ。不思議な気持になる。

苦笑いとは最終的には自分自身に向けられた笑いであろう。自己を客観視して世界を相対化する意識の働きがなければ、決して生まれてこない筈のものだ。前述の馬場さんの印象も、どうもそのあたりの特質にかかわっているように思われる。

もうひとりの自分が常に自分自身をみているような内なる眼差しは、論理性や客観性を要求される評論などには必須の要素である。だが、それは一人称の詩型である短歌を作る上では必ずしも有利に働くとは限らない。むしろ、自己を客観視したり世界を相対化することなく、調べのままに陶酔してしまう方が、〈私〉の息づかいと世界を生々しく呼応させやすいのではないか。

馬場あき子の歌をみてゆくとき、その言葉には、和歌的短歌的な感性に根ざしつつ、しかし無条件にはそこに陶酔しきれない、しない、という特徴があるように感じる。このアンビバレントな特性によって、彼女の作品世界は女性歌人には珍しい、かといって別の意味でシンプルな男性歌人とも異なる、独特の複雑さを示しているようだ。

天竺からみれば第三セクターのやうな大和のほとけほほゑむ　『飛種』
生き甲斐の統計の首位に子を思ふ父の情《こころ》のあはれくれなゐ　『阿古父』

「大和のほとけほほゑむ」や「父の情《こころ》のあはれくれなゐ」については、短歌的に自然な感性の表出と云っていいだろう。ところが、それぞれの上句には非常に異質なものが配されている。一首目の「第三セクターのやうな」とは「大和のほとけ」にかかる比喩としてまったく意表をつくものであり、次の「父の情《こころ》」に対する「生き甲斐の統計の首位」という修飾も極めて異例である。

これらの歌の背後には醒めた眼差しの存在を感じる。それは決して冷たくアイロニカルなものではない。対象への人一倍の想いの強さ、情のあつさをもちつつ、だからこそ「大和のほとけ」や「父の情《こころ》」に無条件に身を任せることができないのだろう。素直な陶酔を禁じられることによって引き裂かれた「大和のほとけ」のほほえみや「父の情《こころ》」の「くれなゐ」は、従来的な短歌の文脈を離れて独自の詩的ニュアンスを帯びている。

このような馬場作品の独自性は、韻文と散文、女性性と男性性、いにしえと現代という対立要素の止揚、ときには多層的な混在のかたちでしばしば作中に現れている。歌を知り尽くし感じ尽くしていながら、無条件には一体化できない、それでも歌を追いつめてゆく。そんな作者の一途さは、陶酔よりも覚醒に結びついているようだ。一途になればなるほど醒めてゆく。そこに孤独の深さを感じる。

水ぎははいかなるものぞ小次郎も武蔵にやぶれたりし水ぎは　　『雪木』

昼と夜が混ざり合う黄昏が逢魔が刻と呼ばれるように、二つの世界の境界には魔が潜んでいると云われる。ここでは海と陸の出逢う「水ぎは」という場所が、佐々木小次郎と宮本武蔵の決闘の逸話を絡めて描き出されている。海と陸、小次郎と武蔵、という対立要素の出逢いのモチーフ化である。また「いかなるものぞ」「やぶれたりし」の云い回しのなかには、微かなユーモアと批評性が感じられる。

「水ぎは」の異界感の把握に対して「小次郎も武蔵にやぶれたりし」を配する感覚は、実はかなりトリッキーなものだと思う。新たな角度からの検証の視線に「第三セクターのやうな」や「生き甲斐の統計の首位」にも通じる作者の個性を感じる。「小次郎も武蔵にやぶれたりし」という転換の新鮮さによって、一首には現代的な多層性が付与されているのだ。
多層的なポエジーを立ち上げる一方で、ときに無防備なほど素直な感情移入を示す歌がみられ、意外性と面白さを感じさせる。

熱心にいふとき胸に手を当つる男友達ゐて夏は来ぬ　『青椿抄』
柚子もぎてゆきし人あり冬の夜の道を匂ひてゆきしを思ふ　『月華の節』
馬に乗りけりその大きさとやさしさの手より心にしみ入るやうな　『青い夜のことば』
水禽の陸《をか》に上りて歩むこと拙きゆゑにみづみづとせり　『月華の節』
かまきりは翅はなやかに広げしが思ひとまれり熱き地にゐて　同右

引用歌では、「男友達」「柚子もぎてゆきし人」「馬」「水禽」「かまきり」など様々な対象への心寄せが胸をうつ。「熱心にいふとき胸に手を当つる」「手より心にしみ入るやうな」「拙きゆゑにみづみづとせり」といった感受の根底には、やはり〈私〉の孤独感があるのではないか。『飛種《ひしゅ》』の「虫暦」を初めとして、小動物や昆虫への想いを詠った作品は数多い。
さらに、このような孤独感を突き抜けた地点で、〈私〉が空に溶けてしまうような秀歌が詠われている。

針の穴一つ通してきさらぎの梅咲く空にぬけてゆかまし　『雪木』

針の穴に糸を通す主体である筈の〈私〉自身が、糸と一体化するようにいつのまにか針の穴を抜けて「きさらぎの梅咲く空」へ。この世の肉体と想念を脱ぎ捨てて初めて得られるような、たまらなく淋しくてたまらなく幸福な自由さを感じる。

同様に次の二首も、透明な心だけが時空を駆け巡るような佳品である。

われに問ふな思ひ出といふ逃亡路あを空のごとあらはれはじむ　『飛種』

はやく昔になれよと心かなしみし昔の香もて梔子は咲く　『月華の節』

本書を時間順に読んでゆくとき、張りつめた秀歌を多く含む『阿古父』のあと、『暁《あけ》すばる』『飛種』のあたりから、口語の作品が目立ってくることに気づく。馬場あき子の作品世界にとって口語の導入は冒険だが、力の抜けた話し言葉の効果によって、それまではみられなかったような捉えどころのない面白さが現れてくる。

春はなぜバケツをほしく思ふのかにぶくかがやくブリキのバケツ　『飛天の道』

ロシアンレビューいそいそとして見にゆけりかういうの好きだつたのかこの人　同右

都市はもう混沌として人間はみそらーめんのやうなかなしみ　『世紀』

「いいですね、あれは」といへば夕暮でこの座談会終りも近い　同右

そんなふうにいはれてもかうして咲くしかないアマリリスの長い長い二ヶ月　同右

「春」の季節感を無機質な「ブリキのバケツ」に結びつける新鮮さ。「かういうの好きだつたのかこの人」のユーモラスで突き抜けた実感。「みそらーめんのやうなかなしみ」の知的

な諧謔。「この座談会終りも近い」の怖さ。「アマリリスの長い長い二ヶ月」のリズム感。いずれも、新たな世界をひらくことに成功している。リスクをとらない口語からは、このような歌は生まれないだろう。

最後にもうひとつ、未知の角度をもった作品群を挙げてみる。

ある日ふと手より枯れゆくわれを見る麦秋の香に覚めしひかりに　『世紀』

いのち深くあたたかきところにをとめごのゆめありしことしだいに忘る　『青椿抄』

乗りちがへたり眼ざむれば大枯野帰ることなきごとく広がる　『青い夜のことば』

突き抜けた心の透明感という点で、前述の「針の穴」「われに問ふな」「はやく昔に」などに近い印象もあるのだが、これらの歌の背後にあるのは滅びの感覚だと思う。「ある日ふと」「しだいに」「乗りちがへたり」など、いずれも日常のなかの滅びの予兆や体感が捉えられている。覚醒者にとっての滅びとは、陶酔者のそれよりも、遙かに恐ろしいものではないか。

だが、これらの歌は、その恐怖をも突き抜けてしまっている。「麦秋の香に覚めしひかりに」「ゆめありしことしだいに忘る」「帰ることなきごとく広がる」などの詩句には、ほとんど安らかと云っていいほどの自由のひかりが溢れている。

馬場あき子　略年譜

※昭和六一年以前は、短歌研究文庫第十三編『馬場あき子歌集』に掲載されています。

昭和六一年（一九八六）　五八歳

四月より半年間NHKラジオにて「短歌のこころ」を放送、『短歌のこころ』（日本放送出版協会）刊行。『生活の歌』刊行。『葡萄唐草』で第二十回迢空賞を受賞。十月、学生時代より師事した能の喜多実先生が亡くなられる。

昭和六二年（一九八七）　五九歳

『馬場あき子歌集』（短歌研究文庫／短歌研究社）刊行。三月、沖縄旅行。四月より一年間NHKテレビ趣味の講座「短歌入門」担当。第十歌集『雪木』（角川書店）刊行。巻尾に「頼朝の秋」百首。十月、故佐藤佐太郎のあとを受け、岩手日報歌壇選者となる。一一月、韓国旅行。『方丈記を読む』（松田修と共著／講談社学術文庫版）刊行。『短歌への招待』（読売新聞社）刊行。

昭和六三年（一九八八）　六〇歳

五月、「かりん」創刊十周年記念の会を催す。記念として『馬場あき子作品研究1』（「かりん」の会編／雁書館）刊行。『季節のことば』（講談社）刊行。『和歌の読み方』岩波ジュニア新書（馬場あき子・米川千嘉子共著／岩波書店）刊行。神奈川県文化賞を受ける。一一月、特別企画三回連続対談（大原富枝、黒田杏子、新川和江）を「短歌研究」（平成元年一、二、三月号）に掲載。第十一歌集『月華の節』（立風書房）刊行。ちくま文庫『鬼の研究』（筑摩書房）刊行。

平成元年（一九八九）　六一歳

一月七日、天皇崩御。一月八日、上田三四二逝去。通夜に参列し、三四二作の短歌百首を朗読した。第四回詩歌文学館賞（『月華の節』）を受賞（北上ワシントンホテル）。『日本美を語る』第六巻『絵と物語の交響―絵巻の世界』（宮次男・馬場あき子編／㈱ぎょうせい）刊行。十月、父・馬場力死去。
平成二年（一九九〇）　六二歳
『短歌その形と心』（NHKテレビ趣味講座「短歌入門」のテキストに書きおろしを加える／日本放送出版協会）刊行。『川崎地名百人一首』（谷川健一・馬場あき子監修／川崎市文化財団）刊行。河出文庫版『和泉式部』（河出書房新社）刊行。
平成三年（一九九一）　六三歳
『馬場あき子の世界』（企画編集・短歌ふぉーらむ社）刊行。ちくま学芸文庫『式子内親王』（筑摩書房）刊行。第十二歌集『南島』（雁書館）刊行。十月、渡辺淳一氏と与謝野晶子没後五十年特別対談「鉄幹・晶子、その創作の謎」（短歌研究一月号に掲載）。
平成四年（一九九二）　六四歳
三月より、共同通信に「心の原型――能・華をたずねる――」を連載。『かく咲きたらば』（朝日新聞社）刊行。ちくま学芸文庫『式子内親王』（筑摩書房）刊行。
平成五年（一九九三）　六五歳
一月、継母マル死去。この年より二年間「短歌研究」に年四回、30首ずつの作品連載。「角川短歌」の特別鼎談「源氏見ざる歌よみは遺恨のことなり」に出席（安永蕗子・尾崎左永子・馬場あき子）、源氏物語をテーマに連続鼎談を始める。『短歌セミナー』（短歌新聞社）刊行。九月、トルコへ旅行。第十三歌集『阿古父』（砂子屋書房）刊行。
平成六年（一九九四）　六六歳
一月より小学館「本の窓」に「うたの歳時記」を連載。昨年十月刊行の第十三歌集『阿古父』で第四五回読売文学賞受賞。三月、NHKラジオ「わたしの日本語辞典」で「短歌――愛をうたう言葉」を、四回に渡り放送。六月、NHKラジオ人生読本で「父への鎮魂歌」と題して三回放送。この月より読売新聞に「うたごよみ」を二年に渡り連載。歌集『葡萄唐草』（短歌新聞社文庫版）刊行。十月『現代短歌に架ける橋』（雁書館）刊行。この月より「婦人画報」に「源氏物語と能」を連載。一一月、紫綬褒章受章。『古典往還』（読売新聞社）刊行。

平成七年（一九九五）　六七歳

四月よりＮＨＫ衛星放送で「馬場あき子の現代短歌選」を担当。『馬場あき子全集第一巻・歌集一』（三一書房）刊行（第一回配本）。この月より『馬場あき子全集』（全一二巻・別巻一巻）の刊行始まる。以後、三ヶ月一冊の割合で刊行。朝日・毎日・読売・東京・東奥日報・図書新聞など各紙、その他歌壇諸誌など多くに紹介される。第十四歌集『暁すばる』（短歌新聞社）刊行。一二月、新作能「晶子みだれ髪」（短歌研究十一月号に発表）が上演された。鉄幹―粟谷能夫、晶子―瀬尾菊次、登美子―宝生欣哉（国立能楽堂で計三回公演）。『源氏物語と能』（婦人画報社）刊行。

平成八年（一九九六）　六八歳

第十五歌集『飛種』（短歌研究社）刊行。『閑吟集を読む』（弥生書房）刊行。『風姿花伝』（岩波文庫版）刊行。九月、朝日歌壇／モロッコ周遊吟行の旅。十月、新作能「晶子みだれ髪」再演（国立能楽堂）。『歌の彩事記』（読売新聞社）刊行。『馬場あき子の謡曲集』（集英社文庫）刊行。

平成九年（一九九七）　六九歳

一月、毎日芸術賞を歌集『飛種』および『馬場あき子全集』により受賞（第一回詩歌部門）。第十六歌集『青椿抄』（砂子屋書房）刊行。『女歌の系譜』（朝日選書５７５／朝日新聞社）刊行。この月より創刊の「ＮＨＫ歌壇」に「愛の歌」を連載。五月、斎藤茂吉短歌文学賞（『飛種』）を受賞。授賞式のため上山市へ発つ。夜、前登志夫・本林勝夫・大原富枝と一二時近くまで歓談。六月、「短歌朝日」創刊号より「歌伝」連載開始。『くらしのうた』（共著／朝日文芸文庫）刊行。『短歌俳句同時入門』黒田杏子と監修／東洋経済新報社）刊行。一二月、新作能「額田王」（短歌研究八月号に発表）が上演された。構成・演出―観世栄夫、幻ノ額田王―梅若六郎、中大兄皇子―大槻文蔵、大海人皇子―観世暁夫、額田王―山本順之、侍女―山本泰太郎（国立能楽堂／三回公演）。

平成一〇年（一九九八）　七〇歳

五月、「かりん」二十周年記念祝賀会を開催。記念出版として『馬場あき子百歌』（歌林の会編／三一書房刊）刊行。

平成一一年（一九九九）　七一歳
第十七歌集『青い夜のことば』（雁書館）刊行。『韻律から短歌の本質を問う』（馬場あき子編／岩波書店）刊行。『うたの歳時記・はるかな父へ』（小学館）刊行。秋、中欧三国への旅。

平成一二年（二〇〇〇）　七二歳
一月、第七〇回朝日賞を受賞。三月、馬場あき子を「語る会」を催す。『現代短歌大事典』（篠弘、馬場あき子、佐佐木幸綱監修／三省堂）刊行。第十八歌集『飛天の道』（砂子屋書房）刊行。十月、瀬戸内寂聴氏と対談「『源氏物語』と現代短歌―玉鬘巻を中心に―」（短歌研究一月号に掲載）。

平成一三年（二〇〇一）　七三歳
第十九歌集『世紀』（梧葉出版）刊行。『最新うたことば辞林』（作品社）刊行。

平成一四年（二〇〇二）　七四歳
九月より「短歌研究」に「歌説話の世界」連載開始。一二月、第二五回現代短歌大賞を受賞（歌集『世紀』並びに過去の全業績）。

平成一五年（二〇〇三）　七五歳
六月、日本芸術院賞を受賞。七月、馬場あき子を「語る会II」を催す。『男うた女うた―女性歌人篇』（中公新書）刊行。一一月、山形県主催「斎藤茂吉没後50年記念シンポジウム『今甦る　茂吉の心とふるさと山形』」（全四回）の第四回パネリストとして参加。ネパールへの旅。第二十歌集『九花』刊行。一二月、日本芸術院会員に選ばれる。

検印省略

平成十六年三月三日　第一刷印刷発行
令和　二　年八月十日　第四刷印刷発行

続　馬場あき子歌集

定価　本体二〇〇〇円
（税別）

著　者　馬　場　あ　き　子

発行者　國　兼　秀　二

発行所　短　歌　研　究　社

郵便番号一一二－〇〇一三
東京都文京区音羽一－一七－一四　音羽YKビル
電話〇三（三九四四）四八二二・四八三三
振替〇〇一九〇－九－二四三七五番

印刷者　豊国印刷
製本者　牧　製　本

ISBN 978-4-88551-792-1 C0092 ¥2000E